Diogenes Taschenbu

Patrick Süskind

Die
Taube

Diogenes

Die Originalausgabe erschien
1987 im Diogenes Verlag
Umschlagillustration nach einer kolorierten
Lithographie von Joseph Brodtmann aus:
H. R. Schinz, ›Naturgeschichte und Abbildungen
der Vögel‹, 1830

Als ihm die Sache mit der Taube widerfuhr, die seine Existenz von einem Tag zum andern aus den Angeln hob, war Jonathan Noel schon über fünfzig Jahre alt, blickte auf eine wohl zwanzigjährige Zeitspanne von vollkommener Ereignislosigkeit zurück und hätte niemals mehr damit gerechnet, daß ihm überhaupt noch irgend etwas anderes Wesentliches würde widerfahren können als dereinst der Tod. Und das war ihm durchaus recht. Denn er mochte Ereignisse nicht, und er haßte geradezu jene, die das innere Gleichgewicht erschütterten und die äußere Lebensordnung durcheinanderbrachten.

Die meisten derartigen Ereignisse lagen Gott sei Dank weit zurück in der grauen Vorzeit seiner Kindheits- und Jugendjahre, und er erinnerte sich ihrer am liebsten überhaupt nicht mehr, und wenn, dann nur mit größtem Unbehagen: An einen Sommernachmittag in Charenton etwa, im Juli 1942, als er vom Angeln nach Hause kam – es hatte ein Gewitter gegeben an jenem Tag und dann geregnet, nach langer Hitze, auf dem Heimweg hatte er die Schuhe ausgezogen, war mit nackten Füßen auf dem warmen, nassen Asphalt gegangen und durch die Pfützen gepatscht, ein unbeschreibliches Vergnügen... – er war also vom Angeln nach Hause gekommen und in die Küche gelaufen, in der Erwartung, die Mutter dort beim Kochen anzutreffen, und da war die Mutter nicht mehr vorhanden, nur noch ihre Schürze war vorhanden, sie hing über der Lehne des Stuhls. Die Mutter sei weg, sagte der Vater, sie habe für längere Zeit verreisen müssen. Man hat sie fortgeschafft, sagten die Nachbarn, man hat sie zuerst ins Vélodrome d'Hiver geschafft und dann hinaus ins Lager von Drancy, von dort geht's nach Osten, da kommt keiner zurück. Und Jonathan begriff nichts von diesem Ereignis, das Ereignis hatte ihn vollkommen verwirrt, und ein paar Tage später war dann auch der Vater verschwunden, und Jonathan und seine kleinere Schwester befanden sich plötzlich in einem Zug, der nach Süden fuhr, und wurden nächtens von wildfremden Männern über eine Wiese geführt und durch ein Waldstück gezerrt und abermals in einen Zug gesetzt, der nach Süden fuhr, weit, unbegreiflich weit, und ein Onkel, den sie bisher noch nie gesehen hatten, holte sie ab in Cavaillon und brachte sie auf seinen Bauernhof nahe der Ortschaft Puget im Tal der Durance und hielt sie dort versteckt bis zum Ende des Krieges. Dann ließ er sie auf den Gemüsefeldern arbeiten.

Anfang der fünfziger Jahre – Jonathan begann, an der Existenz eines Landarbeiters Gefallen zu finden – verlangte der Onkel, er solle sich zum Militärdienst melden, und Jonathan verpflichtete sich gehorsam für drei Jahre. Im ersten Jahr war er einzig damit beschäftigt, sich an die Widerwärtigkeiten des Horden- und Kasernenlebens zu gewöhnen. Im zweiten Jahr wurde er nach Indochina verschifft. Den größten Teil des dritten Jahres verbrachte er mit einem Fußschuß und einem Beinschuß und der Amöbenruhr im Lazarett. Als er im Frühjahr 1954 nach Puget zurückkehrte, war seine Schwester verschwunden, ausgewandert nach Kanada, hieß es. Der Onkel verlangte nun, daß sich Jonathan unverzüglich verehelliche, und zwar mit einem Mädchen namens Marie Baccouche aus dem Nachbarort Lauris, und Jonathan, der das Mädchen noch nie gesehen hatte, tat brav wie ihm geheißen, ja tat es sogar gerne, denn wenngleich er nur eine ungenaue Vorstellung von der Ehe besaß, so hoffte er doch, in ihr endlich jenen Zustand von monotoner Ruhe und Ereignislosigkeit zu finden, der das einzige war, wonach er sich sehnte. Aber bereits vier Monate später gebar Marie einen Knaben, und noch im selben Herbst brannte sie durch mit einem tunesischen Obsthändler aus Marseille. –

Aus all diesen Vorkommnissen zog Jonathan Noel

den Schluß, daß auf die Menschen kein Verlaß sei und daß man nur in Frieden leben könne, wenn man sie sich vom Leibe hielt. Und weil er nun auch noch zum Gespött des Dorfes geworden war, was ihn nicht wegen des Gespötts an sich störte, sondern wegen der öffentlichen Aufmerksamkeit, die er dadurch erregte, traf er zum ersten Mal in seinem Leben selbst eine Entscheidung: Er ging zum Crédit Agricole, hob seine Ersparnisse ab, packte den Koffer und fuhr nach Paris.

Dann hatte er zweimal großes Glück. Er fand Arbeit als Wachmann einer Bank in der Rue de Sèvres, und er fand eine Bleibe, eine sogenannte *chambre de bonne* im sechsten Stock eines Hauses in der Rue de la Planche. Man erreichte das Zimmer über den Hinterhof, die enge Treppe des Lieferantenaufgangs und einen schmalen, von einem Fenster spärlich erhellten Gang. Zwei Dutzend Zimmerchen mit grau angestrichenen numerierten Türen lagen an diesem Gang, und ganz am Ende lag die Nummer 24, Jonathans Zimmer. Es maß drei Meter vierzig in der Länge, zwei Meter zwanzig in der Breite und zwei Meter fünfzig in der Höhe und besaß als einzigen Komfort ein Bett, einen Tisch, einen Stuhl, eine Glühbirne und einen Kleiderhaken, sonst nichts. Erst in den sechziger Jahren wurden die elektrischen Leitungen dergestalt verstärkt, daß man eine Kochplatte und einen Heizstrahler anschließen konnte, wurden Wasserleitungen verlegt und die Zimmer mit eigenen Waschbecken und Boilern versehen. Bis dahin aßen sämtliche Bewohner des Dachgeschosses, sofern sie nicht verbotenerweise einen Spirituskocher unterhielten, kalt, schliefen in kalten Zimmern und wuschen ihre Socken, ihr weniges Geschirr und sich selbst mit kaltem Wasser in einem einzigen Becken auf dem Gang, gleich neben der Türe des Gemeinschaftsklos. All das störte Jonathan nicht. Er suchte nicht Bequemlichkeit, sondern eine sichere Bleibe, die ihm und ihm allein gehörte, die ihn vor den unangenehmen Überraschungen des Lebens schützte und aus der ihn niemand mehr vertreiben konnte. Und als er das Zimmer Nummer 24 zum ersten Mal betreten hatte, da wußte er sofort: Das ist es, das hattest du eigentlich immer gewollt, hier wirst du bleiben. (Ganz wie es angeblich manchen Männern bei der sogenannten Liebe auf den ersten Blick geschieht, wo ihnen blitzschlagartig aufgeht, daß eine bisher nie gesehene Frau die Frau des Lebens sei, die sie besitzen und bei der sie bleiben werden bis ans Ende ihrer Tage.)

Jonathan Noel mietete dieses Zimmer für fünftausend Alte Francs im Monat, ging von dort jeden Morgen in die nahegelegene Rue de Sèvres zur Arbeit, kehrte abends mit Brot, Wurst, Äpfeln und

Käse zurück, aß, schlief und war glücklich. Am Sonntag verließ er das Zimmer überhaupt nicht, sondern putzte es und überzog sein Bett mit frischen Laken. So lebte er ruhig und zufrieden, jahraus, jahrein, Jahrzehnt um Jahrzehnt.

Bestimmte äußere Dinge änderten sich in dieser Zeit, die Höhe der Miete etwa, die Art der Mieter. In den fünfziger Jahren wohnten noch viele Dienstmädchen in den anderen Zimmern und junge Ehepaare und einige Rentner. Später dann sah man häufig Spanier, Portugiesen, Nordafrikaner ein- und ausziehen. Ab Ende der sechziger Jahre überwogen die Studenten. Schließlich wurden nicht mehr sämtliche vierundzwanzig Kammern vermietet. Viele standen leer oder dienten ihren Besitzern, die in den Herrschaftswohnungen der unteren Etagen lebten, als Rumpelkammern oder als nur gelegentlich genutzte Gästezimmer. Jonathans Nummer 24 war im Lauf der Jahre zu einer vergleichsweise komfortablen Behausung geworden. Er hatte sich ein neues Bett gekauft, einen Schrank eingebaut, die siebeneinhalb Quadratmeter Boden mit grauem Teppich ausgelegt, seine Koch- und Waschecke mit schöner roter Lacktapete ausgekleidet. Er besaß ein Radio, einen Fernsehapparat und ein Bügeleisen. Seine Lebensmittel hängte er nicht mehr, wie bisher, in einem Säckchen zum Fenster hinaus, sondern verwahrte sie in einem winzigen Kühlschrank unter dem Waschbecken, so daß ihm jetzt nicht einmal mehr im heißesten Sommer die Butter zerrann oder der Schinken vertrocknete. Am Kopfende des Bettes hatte er ein Regal angebracht, in dem nicht weniger als siebzehn Bücher standen, nämlich ein dreibändiges medizinisches Taschenwörterbuch, einige schöne Bildbände über den Cromagnon-Menschen, Gußtechniken der Bronzezeit, das alte Ägypten, die Etrusker und die Französische Revolution, ein Buch über Segelschiffe, eines über Flaggen, eines über die tropische Tierwelt, zwei Romane von Alexandre Dumas dem Älteren, die Memoiren von Saint-Simon, ein Kochbuch für Eintopfgerichte, der ›Kleine Larousse‹ und das ›Brevier für das Wach- und Schutzpersonal mit besonderer Berücksichtigung der Vorschriften für den Gebrauch der Dienstpistole‹. Unter dem Bett lagerten ein Dutzend Flaschen Rotwein, darunter eine Flasche Château Cheval Blanc grand cru classé, die er sich für den Tag seiner Pensionierung im Jahre 1998 aufbewahrte. Ein ausgetüfteltes System von elektrischen Lampen sorgte dafür, daß Jonathan an drei verschiedenen Stellen seines Zimmers – nämlich am Fuß- und am Kopfende seines Bettes sowie an seinem Tischchen – sitzen und Zeitung lesen konnte, ohne geblendet zu werden und ohne daß ein Schatten auf die Zeitung fiel.

Durch die vielen Anschaffungen war das Zimmer freilich noch kleiner geworden, es war gleichsam nach innen zugewachsen wie eine Muschel, die zuviel Perlmutt angesetzt hat, und ähnelte mit seinen diversen raffinierten Installationen eher einer Schiffskabine oder einem luxuriösen Schlafwagenabteil als einer einfachen *chambre de bonne*. Seine wesentliche Eigenschaft aber hatte es über die dreißig Jahre hinweg behalten: Es war und blieb Jonathans sichere Insel in der unsicheren Welt, es blieb sein fester Halt, seine Zuflucht, seine Geliebte, ja, seine Geliebte, denn sie umfing ihn zärtlich, seine kleine Kammer, wenn er abends heimkehrte, sie wärmte und schützte ihn, sie nährte ihn an Leib und Seele, war immer da, wenn er sie brauchte, und sie verließ ihn nicht. Sie war in der Tat das einzige, was sich in seinem Leben als verläßlich erwiesen hatte. Und deshalb hatte er nie einen Augenblick daran gedacht, sich von ihr zu trennen, auch jetzt nicht, da er schon über Fünfzig war und es ihm gelegentlich ein wenig Mühe machte, die vielen Treppen zu ihr hinaufzusteigen, und da sein Gehalt es ihm erlaubt hätte, ein richtiges Appartement zu mieten mit eigener Küche, eigenem Klo und Bad. Er blieb seiner Geliebten treu, war sogar im Begriff, sie noch enger an sich und sich an sie zu binden. Er wollte ihr Verhältnis für alle Zeiten unverbrüchlich machen, indem er sie nämlich kaufte. Mit Madame

Lassalle, der Eigentümerin, hatte er schon den Vertrag geschlossen. Fünfundfünfzigtausend Neue Francs sollte sie kosten. Siebenundvierzigtausend hatte er bereits bezahlt. Der Rest von achttausend Francs war Ende des Jahres fällig. Und dann wäre sie endgültig sein, und nichts auf der Welt würde sie noch je voneinander trennen können, ihn, Jonathan, und sein geliebtes Zimmer, bis daß der Tod sie schiede.

Das war der Stand der Dinge, als im August 1984, an einem Freitagmorgen, die Sache mit der Taube geschah.

—

Jonathan war gerade aufgestanden. Er hatte Pantoffeln und Bademantel angezogen, um wie jeden Morgen vor dem Rasieren das Etagenklo aufzusuchen. Ehe er die Türe öffnete, legte er das Ohr an die Türfüllung und lauschte, ob niemand auf dem Gang sei. Er liebte es nicht, Mitbewohnern zu begegnen, schon gar nicht morgens in Pyjama und Bademantel, und am allerwenigsten auf dem Weg zum Klo. Die Toilette besetzt vorzufinden wäre ihm unangenehm genug gewesen; geradezu peinigend gräßlich aber war ihm die Vorstellung, vor der Toilette mit einem anderen Mieter zusammenzutreffen. Ein einziges Mal war ihm das passiert, im Sommer 1959, vor fünfundzwanzig Jahren, und ihn schauderte, wenn

er daran zurückdachte: Dies gleichzeitige Erschrek-
ken vor dem Anblick des anderen, der gleichzeitige
Verlust von Anonymität bei einem Vorhaben, das
durchaus Anonymität erheischte, das gleichzeitige
Zurückweichen und wieder Vorangehen, die gleichzeitig hervorgehaspelten Höflichkeiten, bitte nach
Ihnen, o nein, nach Ihnen, Monsieur, ich habe es
durchaus nicht eilig, nein, Sie zuerst, ich bestehe
darauf – und das alles im Pyjama! Nein, er wollte es
nie wieder erleben, und er hatte es auch nie wieder
erlebt, dank seinem prophylaktischen Lauschen.
Lauschend sah er durch die Türe auf den Gang
hinaus. Er kannte jedes Geräusch auf dem Stockwerk. Er konnte jedes Knacken, jedes Klicken, jedes
leise Plätschern oder Rauschen, ja sogar die Stille
deuten. Und er wußte – jetzt, da er nur ein paar
Sekunden lang das Ohr an die Tür gelegt hatte – ganz
sicher, daß kein Mensch auf dem Gang war, daß die
Toilette frei war, daß alles noch schlief. Mit der
Linken drehte er den Knopf des Sicherheitsschlosses,
mit der Rechten den Knauf des Schnappschlosses,
der Riegel wich zurück, er zog mit einem leichten
Ruck, und die Tür schwang auf.
    Fast hätte er den Fuß schon über die Schwelle
gesetzt gehabt, er hatte den Fuß schon gehoben, den
linken, sein Bein war schon im Schritt begriffen – als
er sie sah. Sie saß vor seiner Tür, keine zwanzig

Zentimeter von der Schwelle entfernt, im blassen Widerschein des Morgenlichts, das durch das Fenster kam. Sie hockte mit roten, kralligen Füßen auf den ochsenblutroten Fliesen des Ganges, in bleigrauem, glattem Gefieder: die Taube.

Sie hatte den Kopf zur Seite gelegt und glotzte Jonathan mit ihrem linken Auge an. Dieses Auge, eine kleine, kreisrunde Scheibe, braun mit schwarzem Mittelpunkt, war fürchterlich anzusehen. Es saß wie ein aufgenähter Knopf am Kopfgefieder, wimpernlos, brauenlos, ganz nackt, ganz schamlos nach außen gewendet und ungeheuer offen; zugleich aber war da etwas zurückhaltend Verschlagenes in dem Auge; und zugleich wieder schien es weder offen noch verschlagen, sondern ganz einfach leblos zu sein wie die Linse einer Kamera, die alles äußere Licht verschluckt und nichts von ihrem Inneren zurückstrahlen läßt. Kein Glanz, kein Schimmer lag in diesem Auge, nicht ein Funken von Lebendigem. Es war ein Auge ohne Blick. Und es glotzte Jonathan an.

Er sei zu Tode erschrocken gewesen – so hätte er den Moment wohl im nachhinein beschrieben, aber es wäre nicht richtig gewesen, denn der Schreck kam erst später. Er war viel eher zu Tode erstaunt.

Vielleicht fünf, vielleicht zehn Sekunden lang – ihm selbst kam es vor wie für immer – blieb er, die

Hand am Knauf, den Fuß zum Ausschreiten erhoben, wie angefroren auf der Schwelle seiner Türe stehen und konnte nicht vor und nicht zurück. Dann geschah eine kleine Bewegung. Sei es, daß die Taube von einem Fuß auf den anderen trat, sei es, daß sie sich nur ein wenig plusterte – jedenfalls ging ein kurzer Ruck durch ihren Körper, und gleichzeitig schnappten zwei Lider über ihrem Auge zusammen, eines von unten, eines von oben, keine richtigen Lider eigentlich, sondern eher irgendwelche gummiartigen Klappen, die wie zwei aus dem Nichts entstandene Lippen das Auge verschluckten. Für einen Moment war es verschwunden. Und jetzt erst durchzuckte Jonathan der Schreck, jetzt sträubten sich seine Haare vor blankem Entsetzen. Mit einem Satz sprang er zurück ins Zimmer und schlug die Türe zu, eh noch das Auge der Taube sich wieder geöffnet hätte. Er drehte das Sicherheitsschloß, wankte die drei Schritte zum Bett, setzte sich zitternd, mit wild klopfendem Herzen. Seine Stirn war eiskalt, und im Nacken und das Rückgrat entlang spürte er, wie ihm der Schweiß ausbrach.

Sein erster Gedanke war, daß er nun einen Herzinfarkt erleiden werde oder einen Schlaganfall oder mindestens einen Kreislaufkollaps, für all das bist du im richtigen Alter, dachte er, ab Fünfzig genügt der geringste Anlaß für so ein Malheur. Und er ließ sich seitlich aufs Bett fallen und zog die Decke über seine fröstelnden Schultern und wartete auf den krampfartigen Schmerz, auf das Stechen im Brust- und Schulterbereich (er hatte einmal in seinem medizinischen Taschenlexikon gelesen, daß dies die untrüglichen Infarktsymptome seien) oder auf das langsame Verdämmern des Bewußtseins. Aber dann geschah nichts dergleichen. Der Herzschlag beruhigte sich, das Blut strömte wieder gleichmäßig durch Kopf und Glieder, und Lähmungserscheinungen, wie sie für den Schlaganfall typisch sind, traten nicht auf. Jonathan konnte Zehen und Finger bewegen und sein Gesicht zu Grimassen verziehen, ein Zeichen, daß organisch und neurologisch alles einigermaßen in Ordnung war.

Statt dessen wirbelte nun eine wüste Masse völlig unkoordinierter Schreckensgedanken in seinem Hirn herum wie ein Schwarm von schwarzen Raben, und es schrie und flatterte in seinem Kopf, und »du bist am Ende!« krächzte es, »du bist alt und am Ende, du läßt dich von einer Taube zu Tode erschrecken, eine Taube treibt dich in dein Zimmer zurück, wirft dich nieder, hält dich gefangen. Du wirst sterben, Jonathan, du wirst sterben, wenn nicht sofort, dann bald, und dein Leben war falsch, du hast es verpfuscht, denn es wird von einer Taube erschüttert, du mußt sie töten, aber du kannst sie nicht töten, keine Fliege

17

kannst du töten, doch, eine Fliege schon, gerade noch eine Fliege oder eine Schnake oder einen kleinen Käfer, aber niemals ein warmblütiges Ding, ein pfundschweres warmblütiges Wesen wie eine Taube, eher schießt du einen Menschen über den Haufen, piffpaff, das geht schnell, das macht nur ein kleines Loch, acht Millimeter groß, das ist sauber und ist erlaubt, in Notwehr ist es erlaubt, Paragraph eins der Dienstordnung für bewaffnetes Wachpersonal, es ist sogar geboten, kein Mensch macht dir einen Vorwurf, wenn du einen Menschen erschießt, im Gegenteil, aber eine Taube?, wie erschießt man eine Taube?, das flattert, eine Taube, das verfehlt man leicht, das ist grober Unfug, auf eine Taube zu schießen, das ist verboten, das führt zum Einzug der Dienstwaffe, zum Verlust des Arbeitsplatzes, du kommst ins Gefängnis, wenn du auf eine Taube schießt, nein, du kannst sie nicht töten, aber leben, leben kannst du auch nicht mit ihr, niemals, in einem Haus, wo eine Taube wohnt, kann ein Mensch nicht mehr leben, eine Taube ist der Inbegriff des Chaos und der Anarchie, eine Taube, das schwirrt unberechenbar umher, das krallt sich ein und pickt in die Augen, eine Taube, das schmutzt unablässig und stäubt verheerende Bakterien aus und Meningitisviren, das bleibt nicht allein, eine Taube, das lockt andere Tauben an, das treibt Geschlechtsverkehr und zeugt sich fort, rasend schnell, ein Heer von Tauben wird dich belagern, du kannst dein Zimmer nicht mehr verlassen, wirst verhungern, wirst in deinen Exkrementen ersticken, wirst dich zum Fenster hinausstürzen müssen und am Bürgersteig zerschmettert liegen, nein, du wirst zu feige sein, du wirst in deinem Zimmer eingeschlossen bleiben und um Hilfe schreien, nach der Feuerwehr wirst du schreien, damit man mit Leitern komme und dich vor einer Taube rette, vor einer Taube!, zum Gespött des Hauses, zum Gespött des ganzen Viertels wirst du werden, ›seht Monsieur Noel!‹ wird man rufen und mit Fingern auf dich zeigen, ›seht, Monsieur Noel läßt sich vor einer Taube retten!‹, und man wird dich einweisen in eine psychiatrische Klinik: o Jonathan, Jonathan, deine Lage ist hoffnungslos, du bist verloren, Jonathan!«

Solcherart schrie und krächzte es in seinem Kopf, und Jonathan war so verwirrt und verzweifelt, daß er etwas tat, was er seit seinen Kindertagen nicht mehr getan hatte, er faltete nämlich in seiner Not die Hände zum Gebet, und »mein Gott, mein Gott«, betete er, »warum hast du mich verlassen? Warum werde ich so sehr gestraft von dir? Vater unser, der du bist im Himmel, rette mich vor dieser Taube, Amen!« Es war, wie wir sehen, kein ordentliches Gebet, es war eher ein aus den Erinnerungsbruch stücken seiner rudimentären religiösen Erziehung zusammengestückeltes Gestammel, das er da von sich gab. Aber es half trotzdem, denn es verlangte ihm ein gewisses Maß geistiger Konzentration ab und verscheuchte dadurch den Gedankenwirrwarr. Etwas anderes half ihm noch stärker. Kaum hatte er nämlich sein Gebet zu Ende gesprochen, da spürte er einen so unabweisbaren Drang zu pissen, daß er wußte, er würde sein Bett, auf dem er lag, besudeln, die schöne Federkernmatratze oder gar den schönen grauen Teppich, wenn es ihm nicht gelänge, sich innerhalb der nächsten Sekunden anderweitig Erleichterung zu schaffen. Das brachte ihn vollends zu sich. Ächzend stand er auf, warf einen verzweifelten Blick zur Tür ... – nein, er könnte nicht durch diese Türe gehen, selbst wenn der verfluchte Vogel jetzt weg wäre, er würde es nicht mehr bis zur Toilette schaffen –, trat ans Waschbecken, riß den Bademantel auf, riß die Pyjamahose herunter, öffnete den Wasserhahn und pißte in das Becken.

Er hatte so etwas noch nie zuvor getan. Ein Horror allein der Gedanke, in ein schönes, weißes, blankgeputztes, der Körperpflege und dem Geschirrspülen dienendes Waschbecken einfach hineinzupissen! Niemals hätte er geglaubt, daß er so tief würde sinken können, niemals, daß er überhaupt physisch in der Lage wäre, ein solches Sakrileg zu begehen. Und nun, da er sah, wie seine Pisse ohne jede Hemmung und Verhaltung lief, sich mit dem Wasser vermischte und durch den Abfluß davongurgelte, und da er das großartige Nachlassen des Drucks in seinem Unterleib spürte, da liefen ihm zugleich die Tränen aus den Augen, so sehr schämte er sich. Als er fertig war, ließ er das Wasser noch eine Weile lang laufen und putzte das Becken gründlich mit flüssigem Scheuerpulver, um auch die kleinsten Spuren der begangenen Untat zu beseitigen. »Einmal ist keinmal«, murmelte er vor sich hin, wie um sich vor dem Waschbecken, vor dem Zimmer oder vor sich selbst zu entschuldigen, »einmal ist keinmal, es war eine einmalige Notlage, es wird gewiß nicht wieder vorkommen…«

Er wurde nun ruhiger. Die Tätigkeit des Wischens, das Forträumen der Flasche mit dem Scheuermittel, das Auswringen des Lappens – oft geübte, tröstliche Handhabungen – gaben ihm den Sinn fürs Pragmatische wieder. Er sah auf die Uhr. Es war gerade Viertel nach sieben vorbei. Normalerweise war er um Viertel nach sieben bereits rasiert und machte sein Bett. Aber der Rückstand hielt sich in Grenzen, er würde ihn aufholen können, notfalls, indem er aufs Frühstück verzichtete. Wenn er aufs Frühstück verzichtete – so rechnete er –, wäre er gegenüber seinem üblichen Zeitplan sogar um sieben Minuten voraus. Entscheidend war nur, daß er spätestens um acht Uhr fünf das Zimmer verließ, denn um Viertel nach acht mußte er in der Bank sein. Wie er das bewerkstelligen sollte, wußte er zwar noch nicht, aber ihm blieb ja noch eine Galgenfrist von einer Dreiviertelstunde. Das war viel. Eine Dreiviertelstunde war viel Zeit, wenn man soeben dem Tod ins Auge geblickt hatte und einem Herzinfarkt mit knapper Not entronnen war. Es war doppelt viel Zeit, wenn man nicht mehr unter dem imperativen Druck einer gefüllten Blase stand. Er beschloß also, sich fürs erste so zu verhalten, als sei nichts geschehen, und seinen üblichen morgendlichen Verrichtungen nachzugehen. Er ließ heißes Wasser in das Waschbecken und rasierte sich.

Während des Rasierens dachte er gründlich nach. »Jonathan Noel«, sagte er zu sich selbst, »du warst zwei Jahre lang als Soldat in Indochina und hast dort manch prekäre Situation gemeistert. Wenn du deinen ganzen Mut und deinen ganzen Witz zusammennimmst, wenn du dich entsprechend wappnest und wenn du Glück hast, dann sollte dir ein Ausfall aus deinem Zimmer gelingen. Was aber, wenn er gelingt? Was, wenn du tatsächlich an dem gräßlichen Tier vor der Türe vorbeikommst, unbeschadet das Treppenhaus erreichst und dich in Sicherheit gebracht hast? Du wirst zur Arbeit gehen können, du wirst den Tag heil überstehen können – aber was tust du dann?

Wohin gehst du heute abend? Wo verbringst du die Nacht?« Denn daß er der Taube – war er ihr einmal entkommen – kein zweites Mal begegnen wollte, daß er unter gar keinen Umständen mit dieser Taube unter einem Dach leben konnte, keinen Tag, keine Nacht, keine Stunde, das stand für ihn unverrückbar fest. Er mußte also darauf vorbereitet sein, diese Nacht und vielleicht auch die folgenden Nächte in einer Pension zu verbringen. Das bedeutete, daß er Rasierzeug, Zahnbürste und Wäsche zum Wechseln mit sich führen mußte. Ferner brauchte er sein Scheckheft und sicherheitshalber auch noch das Sparbuch. Zwölfhundert Francs besaß er auf dem Girokonto. Das würde für zwei Wochen reichen, vorausgesetzt, er fand ein billiges Hotel. Wenn die Taube dann noch immer sein Zimmer blockierte, müßte er ans Ersparte gehen. Auf dem Sparkonto lagen sechstausend Francs, eine Menge Geld. Davon konnte er monatelang im Hotel wohnen. Und obendrein bekam er ja noch sein Gehalt, pro Monat dreitausendsiebenhundert Francs netto. Andrerseits mußten am Ende des Jahres achttausend Francs an Madame Lassalle gezahlt werden, als letzte Rate für das Zimmer. Für sein Zimmer. Für dieses Zimmer, das er ja gar nicht mehr bewohnen würde. Wie sollte er Madame Lassalle eine Bitte um Stundung der letzten Rate erklären? Er konnte ihr doch wohl kaum sagen: »Madame, ich kann Ihnen die letzte Rate von achttausend Francs nicht zahlen, denn ich wohne seit Monaten im Hotel, weil das Zimmer, das ich von Ihnen kaufen will, von einer Taube blockiert ist«? – Das konnte er doch wohl kaum sagen... Da fiel ihm ein, daß er noch fünf Goldmünzen besaß, fünf Napoléons, von denen jeder gut und gerne sechshundert Francs wert war, die hatte er sich 1958 während des Algerienkrieges gekauft, aus Angst vor der Inflation. Keinesfalls durfte er vergessen, diese fünf Napoléons mitzunehmen... Und einen schmalen goldenen Armreif von seiner Mutter besaß er noch. Und sein Transistorradio. Und einen vornehmen versilberten Kugelschreiber, den hatten alle Angestellten der Bank zu Weihnachten bekommen. Wenn er all diese Schätze verkaufen würde, könnte er, bei größter Sparsamkeit, bis Jahresende im Hotel wohnen und trotzdem die achttausend Francs an Madame Lassalle bezahlen. Ab 1. Januar sähe die Lage dann schon wieder besser aus, denn dann wäre er ja Eigentümer des Zimmers und brauchte die Miete nicht mehr aufzubringen. Und vielleicht überlebte die Taube den Winter nicht. Wie lange lebte eine Taube? Zwei Jahre, drei Jahre, zehn Jahre? Und wenn es eine alte Taube war? Vielleicht stürbe sie in einer Woche? Vielleicht stürbe sie schon heute. Vielleicht war sie überhaupt nur zum Sterben gekommen...

Er hatte die Rasur beendet, ließ das Becken aus, spülte es, ließ es wieder ein, wusch sich Oberkörper und Füße, putzte die Zähne, ließ das Becken wieder aus und wischte es mit dem Lappen sauber. Dann machte er sein Bett.

Unter dem Schrank hatte er einen alten Pappkoffer stehen, in dem er seine schmutzige Wäsche aufbewahrte, um sie einmal im Monat zum Waschsalon zu tragen. Er zog ihn hervor, leerte ihn aus und stellte ihn aufs Bett. Es war derselbe Koffer, mit dem er 1942 von Charenton nach Cavaillon gefahren, derselbe, mit dem er 1954 nach Paris gekommen war. Als er nun diesen alten Koffer auf seinem Bett stehen sah und als er begann, ihn zu füllen, nicht mit schmutziger, sondern mit frischer Wäsche, mit einem Paar Halbschuhen, mit Waschzeug, Bügeleisen, Scheckheft und Preziosen – wie für eine Reise –, da stiegen ihm wieder die Tränen in die Augen, diesmal aber nicht vor Scham, sondern vor stiller Verzweiflung. Ihm war, als wäre er in seinem Leben um dreißig Jahre zurückgeworfen, als hätte er dreißig Jahre seines Lebens verloren.

Als er fertig gepackt hatte, war es Viertel vor acht. Er zog sich an, zunächst die gewohnte Uniform: graue Hose, blaues Hemd, Lederjacke, Lederkoppel mit Pistolentasche, graue Dienstmütze. Dann wappnete er sich für die Begegnung mit der Taube. Am meisten ekelte er sich vor dem Gedanken, sie könne körperlich mit ihm in Kontakt kommen, ihn etwa in den Fußknöchel picken oder, aufflatternd, mit den Flügeln an seinen Händen oder seinem Hals berühren oder sich gar mit ihren kralligen Spreizfüßen auf ihm niederlassen. Deshalb zog er nicht seine leichten Halbschuhe an, sondern die derben hohen Lederstiefel mit der Lammfellsohle, die er sonst nur im Januar oder Februar verwendete, schlüpfte in den Wintermantel, knöpfte ihn von oben bis unten zu, wickelte sich einen Wollschal um den Hals bis übers Kinn und schützte seine Hände mit gefütterten Lederhandschuhen. In die rechte Hand nahm er seinen Regenschirm. So ausgerüstet stand er sieben Minuten vor acht bereit, um den Ausfall aus seinem Zimmer zu wagen.

Er setzte die Dienstmütze ab und legte das Ohr an die Tür. Nichts war zu hören. Er setzte die Mütze wieder auf, drückte sie fest in die Stirn, nahm den Koffer und stellte ihn neben der Tür bereit. Um die rechte Hand frei zu haben, hängte er den Schirm übers Handgelenk, ergriff mit der Rechten den Knauf, mit der Linken den Knopf des Sicherheitsschlosses, drehte den Riegel zurück und zog die Türe einen Spalt weit auf. Er spähte hinaus.

Die Taube saß nicht mehr vor der Türe. Auf der Fliese, wo sie gesessen hatte, befanden sich nun ein

smaragdgrüner Klecks von der Größe eines Fünf-
francstückes und eine winzige weiße Flaumfeder, die
im Luftzug des Türspalts leise zitterte. Jonathan
erschauderte vor Ekel. Am liebsten hätte er die Türe
sofort wieder zugeworfen. Seine instinktive Natur
wollte zurückweichen, zurück ins sichere Zimmer,
weg von dem Entsetzlichen da draußen. Aber dann
sah er, daß dort nicht nur ein einzelner Klecks,
sondern daß dort viele Kleckse waren. Der ganze
Abschnitt des Ganges, den er überblicken konnte,
war besprenkelt mit diesen smaragdgrünen, feucht
schillernden Klecksen. Und nun geschah das Sonderbare, daß die Vielzahl der Abscheulichkeiten nicht
etwa Jonathans Widerwillen verstärkte, sondern im
Gegenteil seinen Willen zum Widerstand: Vor jenem
einzelnen Klecks und vor jener einzelnen Feder wäre
er wohl zurückgewichen und hätte die Türe verschlossen, für immer. Daß die Taube aber offenbar
den ganzen Gang verschissen hatte – diese Allge-
meinheit des verhaßten Phänomens –, mobilisierte all
seinen Mut. Er öffnete die Türe ganz.

Jetzt sah er die Taube. Sie saß rechter Hand in einer
Entfernung von anderthalb Metern, ganz am Ende
des Ganges in eine Ecke gedrückt. Es fiel dort so
wenig Licht hin, und Jonathan warf auch nur einen
so kurzen Blick in ihre Richtung, daß er nicht
erkennen konnte, ob sie schlief oder wachte, ob ihr

27

Auge offen oder geschlossen war. Er wollte es auch gar nicht wissen. Er wollte sie am liebsten gar nicht gesehen haben. In dem Buch über die tropische Tierwelt hatte er einmal gelesen, daß gewisse Tiere, vor allem Orang-Utans, sich nur dann auf Menschen stürzten, wenn diese ihnen in die Augen sahen; ignorierte man sie, dann ließen sie einen in Ruhe. Vielleicht galt das auch für Tauben. Jedenfalls beschloß Jonathan, so zu tun, als wäre die Taube nicht mehr vorhanden, sie zumindest nicht mehr anzusehen.

Langsam schob er den Koffer auf den Gang hinaus, ganz langsam und vorsichtig zwischen den grünen Klecksen hindurch. Dann spannte er den Regenschirm auf, hielt ihn mit der Linken vor Brust und Gesicht wie einen Schild, trat auf den Gang, immerfort auf die Kleckse am Boden achtend, und zog die Türe hinter sich zu. Trotz allen Vorsätzen, so zu tun, als ob nichts wäre, wurde ihm nun doch wieder bang, und es klopfte sein Herz bis zum Hals, und als er mit seinen behandschuhten Fingern den Schlüssel nicht gleich aus der Tasche herausbekam, begann er vor Nervosität so zu zittern, daß ihm beinahe der Schirm entglitt, und indem er mit der Rechten nach dem Schirm faßte, um ihn sich zwischen Schulter und Wange festzuklemmen, fiel nun der Schlüssel tatsächlich zu Boden, um ein Haar mitten in einen der Kleckse, und er mußte sich bücken, um ihn aufzuheben, und als er ihn dann endlich sicher gefaßt hatte, stieß er ihn vor Aufregung dreimal daneben, ehe er ihn ins Schlüsselloch brachte und zweimal herumdrehte. In diesem Moment wollte ihm scheinen, als hörte er hinter sich ein Flattern ... oder war er nur mit dem Schirm gegen die Wand gestoßen? ... Aber dann hörte er es wieder, eindeutig, ein kurzes, trockenes Flügelschlagen, und da ergriff ihn Panik. Er riß den Schlüssel aus dem Schloß, riß den Koffer an sich und stürzte davon. Der aufgespannte Schirm schabte an der Wand entlang, der Koffer rumpelte gegen die Türen der anderen Zimmer, in der Mitte des Ganges standen die Flügel des geöffneten Fensters im Weg, er zwängte sich vorbei, zerrte den Schirm hinter sich her, so heftig und ungeschickt, daß die Stoffbespannung in Fetzen ging, er achtete nicht darauf, es war ihm alles egal, er wollte nur weg, weg, weg.

Erst als er den Absatz des Treppenhauses erreicht hatte, blieb er für einen Moment stehen, um den hinderlichen Schirm zuzuklappen, und warf einen Blick zurück: Die hellen Strahlen der Morgensonne fielen durch das Fenster und stachen einen scharf umrissenen Lichtblock aus dem Dämmerschatten des Ganges. Man konnte da kaum hindurchsehen, und erst als er die Augen zusammenkniff und angestrengt schaute, sah Jonathan, wie sich ganz hinten die Taube aus der dunklen Ecke löste, einige rasche, wackelnde Schritte nach vorne machte und sich dann wieder niederließ, genau vor der Türe seines Zimmers.

Mit Grausen wendete er sich ab und stieg die Treppe hinunter. Er war sich in diesem Augenblick sicher, daß er nie wieder würde zurückkehren können.

—

Von Stufe zu Stufe beruhigte er sich. Auf dem Absatz des zweiten Stocks brachte ihm eine plötzliche Hitzewallung zu Bewußtsein, daß er noch immer Wintermantel, Schal und Pelzstiefel anhatte. Jeden Moment konnte aus den Türen, die hier von den Küchen der Herrschaftswohnungen auf die Hintertreppe führten, ein Dienstmädchen treten, das zum Einkaufen ging, oder Monsieur Rigaud, der seine leeren Weinflaschen hinausstellte, oder womöglich gar Madame Lassalle, aus welchem Grund auch immer – sie stand zeitig auf, Madame Lassalle, sie war auch jetzt schon auf, man roch den penetranten Duft ihres Kaffees durchs ganze Treppenhaus –, und Madame Lassalle also würde nun die Hintertüre ihrer Küche öffnen, und vor ihr auf dem Treppenabsatz stünde er, Jonathan, bei hellster Augustsonne in der groteske-

sten winterlichen Vermummung – über eine Pein-
lichkeit solchen Ausmaßes könnte man nicht einfach
hinweggehen, er würde sich erklären müssen, aber
wie sollte er?, er würde eine Lüge erfinden müssen,
aber welche? Für seine momentane Erscheinung gab
es keine plausible Erklärung. Man konnte ihn nur für
verrückt halten. Vielleicht war er verrückt.

Er stellte den Koffer ab, entnahm ihm das Paar
Halbschuhe und zog rasch Handschuhe, Mantel,
Schal und Stiefel aus; schlüpfte in die Halbschuhe,
verstaute Schal, Handschuhe und Stiefel im Koffer
und nahm den Mantel über den Arm. Nun war, wie
er fand, seine Existenz wieder vor jedermann ge-
rechtfertigt. Gegebenenfalls konnte er immer be-
haupten, er bringe seine Wäsche in die Wäscherei
und den Wintermantel in die Reinigung. Merklich
erleichtert setzte er seinen Abstieg fort.

Im Hinterhof traf er auf die Concierge, die gerade
die leeren Mülltonnen in einem Wägelchen von der
Straße hereinkarrte. Sofort fühlte er sich ertappt,
sofort stockte ihm der Schritt. Er konnte sich nicht
mehr ins Dunkel des Treppenhauses zurückziehen,
sie hatte ihn schon gesehen, er mußte weiter. »Guten
Tag, Monsieur Noel«, sagte sie, als er mit bewußt
forschem Schritt an ihr vorüberging.

»Guten Tag, Madame Rocard«, murmelte er.
Mehr sprachen sie nie miteinander. Seit zehn Jahren –

so lange war sie im Haus – hatte er nie mehr als »Guten Tag, Madame« und »Guten Abend, Madame« zu ihr gesagt und »Danke, Madame«, wenn sie ihm die Post aushändigte. Nicht daß er etwas gegen sie hatte. Sie war keine unangenehme Person. Sie war nicht anders als ihre Vorgängerin und ihre Vor-Vorgängerin. Wie alle Concierge war sie: undefinierbar im Alter, zwischen Ende Vierzig und Ende Sechzig; wie alle Concierge hatschend im Gang, von dicklicher Figur, madenweißem Teint und muffigem Geruch. Wenn sie nicht gerade Mülltonnen hinaus- oder hereinkarrte, die Stiege putzte oder rasch ihre Einkäufe erledigte, saß sie bei Neonlicht in ihrer kleinen Loge im Durchgang zwischen Straße und Hof, ließ den Fernseher laufen, nähte, bügelte, kochte und betrank sich mit billigem Rotwein und Wermut wie eben jede andere Concierge auch. Nein, er hatte wirklich nichts gegen sie. Er hatte nur etwas gegen Concierge im allgemeinen, denn Concierge waren Menschen, die von Berufs wegen andere Menschen permanent beobachteten. Und Madame Rocard im speziellen war jemand, der speziell ihn, Jonathan, permanent beobachtete. Es war vollkommen unmöglich, an Madame Rocard vorüberzugehen, ohne daß sie einen zur Kenntnis nahm, und sei es nur mit dem allerkürzesten, kaum mehr sichtbaren Augenaufschlag. Selbst wenn sie in ihrer Loge auf

dem Stuhl sitzend eingeschlafen war – was vornehm-
lich in den frühen Nachmittagsstunden und nach
dem Abendessen passierte –, genügte das leise Knar-
ren der Eingangstüre, um sie für Sekunden erwachen
und den Passanten wahrnehmen zu lassen. Kein
Mensch auf der Welt nahm Jonathan so oft und so
genau zur Kenntnis wie Madame Rocard. Freunde
besaß er keine. In der Bank gehörte er sozusagen zum
Inventar. Die Kunden betrachteten ihn als Staffage,
nicht als Person. Im Supermarkt, auf der Straße, im
Bus (wann fuhr er schon je mit dem Bus!) war seine
Anonymität durch die Masse der anderen Menschen
gewahrt. Einzig und allein Madame Rocard kannte
und erkannte ihn täglich und schenkte ihm mindestens zweimal täglich ihre ungenierte Aufmerksamkeit. Dabei konnte sie so intime Kenntnisse seines
Lebenswandels gewinnen wie: welche Kleidung er
trug; wie oft er sein Hemd pro Woche wechselte; ob
er seine Haare gewaschen hatte; was er sich zum
Abendessen mit nach Hause brachte; ob und von
wem er Post erhielt. Und obwohl nun Jonathan, wie
gesagt, wirklich nichts gegen Madame Rocard per-
sönlich einzuwenden hatte und obwohl er sehr
wohl wußte, daß ihre indiskreten Blicke durchaus
nicht ihrer Neugier, sondern ihrem professionellen
Pflichtgefühl entsprangen, so fühlte er diese Blicke
doch immer wie einen stillen Vorwurf auf sich ruhen,

33

und es wallte in ihm jedesmal, wenn er an Madame Rocard vorüberging – auch nach so vielen Jahren noch –, eine kurze, heiße Welle der Empörung auf: Warum zum Teufel beachtet sie mich schon wieder? Warum werde ich schon wieder von ihr überprüft? Warum läßt sie mir nicht endlich einmal meine Integrität, indem sie mich nicht zur Kenntnis nimmt? Warum sind die Menschen so aufdringlich?

Und da er heute aufgrund der vorgekommenen Ereignisse besonders empfindlich war und, wie er glaubte, die Miserabilität seiner Existenz in Gestalt eines Koffers und eines Wintermantels ganz offen sichtbar mit sich trug, trafen ihn die Blicke von Madame Rocard besonders schmerzlich und schien ihm vor allem ihre Anrede »Guten Morgen, Monsieur Noel!« wie blanker Hohn. Und die Welle der Empörung, die er bisher immer sicher in sich eingedeicht hatte, schwappte plötzlich über, schwoll an zu offener Wut, und er tat etwas, was er noch nie getan hatte: Er blieb, nachdem er bereits an Madame Rocard vorüber war, stehen, stellte seinen Koffer ab, legte den Wintermantel darüber und kehrte um; kehrte um, wild entschlossen, der Zudringlichkeit ihres Blickes und ihrer Anrede nun endlich einmal etwas entgegenzusetzen. Er wußte noch nicht, was er tun oder sagen würde, als er auf sie zuging. Er wußte nur, *daß* er etwas tun und sagen würde. Die übergeschwappte Welle der Empörung trug ihn auf sie zu, und sein Mut war grenzenlos.

Sie hatte die Mülltonnen abgeladen und war im Begriff, in ihre Loge zurückzukehren, als er sie stellte, ziemlich genau in der Mitte des Hofes. Sie blieben etwa einen halben Meter voreinander stehen. Er hatte ihr Madengesicht noch nie von so nahe gesehen. Die Haut der Pausbäckchen schien ihm von großer Zartheit, wie alte, brüchige Seide, und in ihren Augen, braunen Augen, lag, wenn man sie aus der Nähe sah, nichts mehr von stechender Aufdringlichkeit, sondern eher etwas Weiches, fast mädchenhaft Scheues. Doch Jonathan ließ sich vom Anblick dieser Details – die dem Bild, das er von Madame Rocard in sich trug, freilich wenig entsprachen – nicht irritieren. Er tippte, um seinem Auftritt ein offizielleres Gepräge zu geben, an die Dienstmütze und sprach mit ziemlich schneidender Stimme: »Madame! Ich habe Ihnen ein Wort zu sagen.« (Zu diesem Zeitpunkt wußte er immer noch nicht, was er eigentlich sagen wollte.)

»Ja, Monsieur Noel?« sagte Madame Rocard und legte den Kopf mit einer kleinen, zuckenden Bewegung in den Nacken.

Sie sieht aus wie ein Vogel, dachte Jonathan; wie ein kleiner Vogel, der Angst hat. Und er wiederholte seine Anrede in schneidendem Ton: »Madame, ich habe Ihnen das Folgende zu sagen...«, um dann zu seinem eigenen Erstaunen mitanzuhören, wie die ihn noch immer vorantreibende Empörung sich ohne sein Zutun zu dem Satz formte: »Vor meinem Zimmer befindet sich ein Vogel, Madame«, und weiter, konkretisierend, »eine Taube, Madame. Sie sitzt vor meinem Zimmer auf den Fliesen«. Und erst an dieser Stelle gelang es ihm, seiner wie aus dem Unbewußten hervorsprudelnden Rede Zügel anzulegen und sie in eine gewisse Richtung zu lenken, indem er erklärend hinzufügte: »Diese Taube, Madame, hat bereits den ganzen Gang des sechsten Stockes mit Kot beschmutzt.«

Madame Rocard trat ein paarmal von einem Fuß auf den anderen, legte den Kopf noch ein wenig weiter in den Nacken und sagte: »Wo kommt die Taube her, Monsieur?«

»Ich weiß es nicht«, sagte Jonathan. »Wahrscheinlich ist sie durch das Gangfenster eingedrungen. Das Fenster steht offen. Das Fenster soll immer geschlossen bleiben. So steht es in der Hausordnung.«

»Wahrscheinlich hat es einer der Studenten aufgemacht«, sagte Madame Rocard, »wegen der Hitze.«

»Kann sein«, sagte Jonathan. »Es soll aber trotzdem immer geschlossen bleiben. Gerade im Sommer. Wenn ein Gewitter kommt, kann es zuschlagen und zu Bruch gehen. Im Sommer 1962 ist das einmal passiert. Es hat damals hundertfünfzig Franc gekostet, die Scheibe zu ersetzen. Seitdem steht in der Hausordnung, daß das Fenster immer geschlossen bleiben muß.«

Er merkte wohl, daß sein fortwährender Hinweis auf die Hausordnung etwas Lächerliches hatte. Und es interessierte ihn auch gar nicht, wie die Taube hatte hereinkommen können. Über die Taube wollte er gar nicht eingehender reden, dieses entsetzliche Problem ging ja nur ihn selbst etwas an. Seiner Empörung über Madame Rocards zudringliche Blicke wollte er sich entäußern, sonst nichts, und das war mit den ersten Sätzen geschehen. Jetzt war die Empörung abgeebbt. Jetzt wußte er nicht mehr weiter.

»Man muß die Taube eben wieder verjagen und das Fenster schließen«, sagte Madame Rocard. Sie sagte es, als wäre das die einfachste Sache der Welt und als wäre dann wieder alles in Ordnung. Jonathan schwieg. Er hatte sich mit seinem Blick im braunen Grund ihrer Augen verfangen, er drohte darin zu versinken wie in einem weichen, braunen Sumpf und mußte die Augen eine Sekunde lang schließen, um wieder herauszukommen, und sich räuspern, um seine Stimme wiederzufinden.

»Es ist…«, begann er und räusperte sich abermals, »es ist so, daß da schon lauter Kleckse sind. Lauter grüne Kleckse. Und Federn auch. Sie hat den ganzen Gang verschmutzt. Das ist das Hauptproblem.«

»Natürlich, Monsieur«, sagte Madame Rocard, »der Gang muß saubergemacht werden. Aber als erstes muß man die Taube verjagen.«

»Ja«, sagte Jonathan, »ja, ja . . .«, und er dachte: Was meint sie? Was will sie? Warum sagt sie: *man* muß die Taube verjagen? Meint sie vielleicht, *ich* solle die Taube verjagen? Und er wünschte, er hätte es nie gewagt, Madame Rocard anzusprechen.

»Ja, ja«, stotterte er weiter, »man . . . man muß sie verjagen. Ich . . . ich hätte sie längst selbst verjagt, aber ich kam nicht dazu. Ich bin in Eile. Wie Sie sehen, habe ich heute meine Wäsche dabei und meinen Wintermantel. Ich muß den Mantel in die Reinigung bringen und die Wäsche in die Wäscherei, und dann muß ich zur Arbeit. Ich bin sehr in Eile, Madame, deshalb konnte ich die Taube nicht verjagen. Ich wollte Ihnen den Vorfall nur melden. Vor allem wegen der Kleckse. Die Verschmutzung des Ganges durch die Kleckse der Taube ist das Hauptproblem und widerspricht der Hausordnung. In der Hausordnung steht, daß Gang, Treppe und Toilette stets sauberzuhalten sind.«

Er konnte sich nicht erinnern, in seinem Leben je eine so verquere Rede geführt zu haben. Die Lügen schienen ihm mit gröbster Deutlichkeit zutage zu treten, und die einzige Wahrheit, die sie verschleiern sollten: daß er nämlich nie und nimmer die Taube würde vertreiben können, sondern daß im Gegenteil die Taube längst ihn vertrieben hatte, war aufs peinlichste enthüllt; und selbst wenn Madame Rocard diese Wahrheit nicht aus seinen Worten herausgehört hatte, so müßte sie sie doch jetzt von seinem Gesicht ablesen können, denn er fühlte, wie ihm heiß wurde und das Blut zu Kopfe stieg und wie seine Wangen vor Scham glühten.

Madame Rocard aber tat, als hätte sie nichts bemerkt (oder vielleicht hatte sie wirklich nichts bemerkt?), sie sagte nur: »Ich danke Ihnen für den Hinweis, Monsieur. Ich werde mich bei Gelegenheit um die Sache kümmern«, und senkte den Kopf und machte einen Bogen um Jonathan herum und schlurfte auf das Toilettenhäuschen neben ihrer Loge zu und verschwand darin.

Jonathan schaute ihr nach. Wenn noch irgendeine Hoffnung in ihm gewesen war, es könne ihn jemand vor der Taube erretten, so verschwand diese Hoffnung mit dem trostlosen Anblick der in ihrem Toilettenhäuschen verschwindenden Madame Rocard. »Um nichts wird sie sich kümmern«, dachte er, »um gar nichts. Warum sollte sie auch? Sie ist ja nur eine Concierge und als solche verpflichtet, die Treppe und den Gang zu fegen und einmal in der Woche das

Gemeinschaftsklo zu putzen, aber nicht, eine Taube zu verjagen. Spätestens heute nachmittag wird sie sich mit Wermut betrinken und den ganzen Vorfall vergessen, wenn sie ihn nicht schon jetzt, in diesem Augenblick, vergessen hat...«

—

Jonathan war pünktlich um acht Uhr fünfzehn vor der Bank, genau fünf Minuten ehe der stellvertretende Direktor, Monsieur Vilman, und Madame Roques, die Oberkassiererin, eintrafen. Gemeinsam sperrten sie das Hauptportal auf: Jonathan das äußere Scherengitter, Madame Roques die äußere Panzerglastüre, Monsieur Vilman die innere Panzerglastüre. Dann setzten Jonathan und Monsieur Vilman mit ihren Steckschlüsseln die Alarmanlage außer Betrieb, öffneten Jonathan und Madame Roques die doppelschlössige Feuertüre zum Kellergeschoß, verschwanden Madame Roques und Monsieur Vilman in Keller, um mit ihren korrespondierenden Schlüsseln den Tresorraum zu öffnen, während Jonathan, der unterdessen Koffer, Regenschirm und Wintermantel im Garderobenschrank neben den Toiletten verschlossen hatte, an der inneren Panzerglastüre Aufstellung nahm und die nach und nach ankommenden Angestellten einließ, indem er auf zwei Knöpfe drückte, deren einer die äußere und deren anderer die innere Panzerglastüre im Schleusensystem alternierend elektrisch entriegelte. Um acht Uhr fünfundvierzig war die gesamte Belegschaft versammelt, ein jeder hatte sich an seinem Arbeitsplatz hinter den Schaltern, im Kassenraum oder in den Büros eingerichtet, und Jonathan verließ die Bank, um draußen auf den Marmorstufen vor dem Hauptportal Posten zu beziehen. Sein eigentlicher Dienst begann.

Dieser Dienst bestand seit dreißig Jahren aus nichts anderem, als daß Jonathan vormittags von neun bis dreizehn Uhr und nachmittags von vierzehn Uhr dreißig bis siebzehn Uhr dreißig vor dem Portal stehend verharrte oder allenfalls gemessenen Schritts auf der untersten der drei Marmorstufen auf und ab patrouillierte. Gegen halb zehn Uhr und zwischen sechzehn Uhr dreißig und siebzehn Uhr gab es eine kleine Unterbrechung, hervorgerufen durch die Ankunft respektive Abfahrt von Monsieur Roedels, des Direktors, schwarzer Limousine. Es galt, den Standplatz auf der Marmorstufe zu verlassen, etwa zwölf Meter am Bankgebäude entlang zur Toreinfahrt des Hinterhofes zu eilen, das schwere Stahlgatter aufzuschieben, die Hand zum respektvollen Gruß an den Mützenrand zu legen und die Limousine passieren zu lassen. Ähnliches konnte am frühen Vormittag oder späten Nachmittag geschehen, wenn der blaue gepanzerte Lieferwagen von ›Brink's Werttransport-Service‹ vorfuhr. Auch ihm mußte das Stahlgatter geöffnet werden, auch seinen Insassen kam eine Grußgeste zu, freilich nicht die respektvolle, mit flacher Hand zum Mützenrand hingeführte, sondern die flüchtigere, mit dem Zeigefinger vom Mützenrand wegtippende Kollegengrußgeste. Ansonsten tat sich nichts. Jonathan stand, starrte vor sich hin und wartete. Manchmal starrte er auf seine Füße, manchmal auf den Gehsteig, manchmal starrte er hinüber auf die andere Straßenseite zum Café. Manchmal wandelte er auf der untersten Marmorstufe sieben Schritte nach links und sieben Schritte nach rechts, oder er verließ die unterste Stufe und stellte sich auf die zweite, und manchmal, wenn die Sonne allzu stark herabbrannte und die Hitze ihm das Wasser gegen das Schweißband seiner Mütze preßte, erklomm er gar die dritte Stufe, die vom Vordach des Portals beschattet war, um dort, nachdem er die Mütze kurz abgenommen und sich mit dem Unterärmel über die feuchte Stirn gewischt hatte, stehenzubleiben, zu starren und zu warten.

Er hatte sich einmal ausgerechnet, daß er bis zu seiner Pensionierung fünfundsiebzigtausend Stunden auf diesen drei Marmorstufen würde stehend verbracht haben. Er wäre dann mit Sicherheit in ganz Paris – wohl auch in ganz Frankreich – derjenige

Mensch, der am längsten auf ein und derselben Stelle gestanden hätte. Wahrscheinlich war er das schon jetzt, da er erst an die fünfundfünfzigtausend Stunden auf den Marmorstufen zugebracht hatte. Es gab ja nur noch sehr wenige festangestellte Wachmänner in der Stadt. Die meisten Banken waren bei sogenannten Objektschutzgesellschaften abonniert und ließen sich von diesen junge, spreizbeinige, muffig dreinschauende Kerle vor die Türe stellen, die nach wenigen Monaten, oft schon nach Wochen, von anderen, ebenso muffig dreinschauenden Kerlen abgelöst wurden – angeblich aus arbeitspsychologischen Gründen: Die Aufmerksamkeit eines Wachmanns, so hieß es, lasse nach, wenn er allzu lange an ein und demselben Ort Dienst tue; seine Wahrnehmung für die Vorkommnisse in der Umgebung stumpfe ab; er werde träge, nachlässig und damit untauglich für seine Aufgaben ...

Alles Unsinn! Jonathan wußte es besser: Des Wachmanns Aufmerksamkeit erlosch schon nach Stunden. Seine Umgebung oder gar die vielen Hunderte von Menschen, die die Bank betraten, nahm er vom ersten Tag an nicht mit Bewußtsein zur Kenntnis, und das war auch gar nicht nötig, denn einen Bankräuber konnte man ohnehin nicht von einem Bankkunden unterscheiden. Und selbst wenn der Wachmann es könnte und sich dem Räuber entgegenwürfe – er wäre längst niedergeschossen und tot, ehe er auch nur die Sicherungsschlaufe des Pistolenhalfters gelöst hätte, denn der Räuber besaß gegenüber dem Wachmann den nicht wettzumachenden Vorteil der Überraschung.

Wie eine Sphinx – so fand Jonathan (denn er hatte einmal in einem seiner Bücher über Sphinxe gelesen) –, wie eine Sphinx war der Wachmann. Er wirkte nicht durch eine Aktion, sondern durch die bloße körperliche Präsenz. Sie, und sie allein, stellte er dem potentiellen Räuber entgegen. »An mir mußt du vorbei«, sagt die Sphinx dem Grabschänder, »ich kann dich nicht hindern, aber vorbei an mir mußt du; und wenn du es wagst, dann wird die Rache der Götter und der Manen des Pharao über dich kommen!« Und der Wachmann: »An mir mußt du vorbei, ich kann dich nicht hindern, aber wenn du es wagst, so mußt du mich niederschießen, und die Rache der Gerichte wird über dich kommen in Gestalt einer Verurteilung wegen Mordes!«

Nun wußte Jonathan freilich sehr wohl, daß die Sphinx über wirkungsvollere Sanktionen verfügte als der Wachmann. Mit der Rache der Götter konnte ein Wachmann nicht drohen. Und auch für den Fall, daß sich der Räuber um Sanktionen nicht scherte, lief die Sphinx kaum Gefahr. Sie war aus Basalt, aus schierem Fels gehauen, in Erz gegossen oder fest gemau-

44

ert. Sie überdauerte einen Grabraub mühelos um fünftausend Jahre... indes der Wachmann bei einem unternommenen Bankraub schon nach fünf Sekunden unweigerlich sein Leben lassen mußte. Und dennoch waren sie einander gleich, wie Jonathan fand, die Sphinx und der Wachmann, denn ihrer beider Macht war nicht instrumentell, sie war symbolisch. Und allein im Bewußtsein dieser symbolischen Macht, die seinen ganzen Stolz und seine Selbstachtung ausmachte, die ihm Kraft und Ausdauer verlieh, die ihn besser feite als Aufmerksamkeit, Waffe oder Panzerglas, stand Jonathan Noel auf den Marmorstufen vor der Bank und hielt Wacht seit nunmehr dreißig Jahren, ohne Angst, ohne Selbstzweifel, ohne das geringste Gefühl von Unzufriedenheit und ohne muffigen Gesichtsausdruck, bis auf den heutigen Tag.

Doch heute war alles anders. Heute wollte es Jonathan partout nicht gelingen, sich in seine sphinxische Ruhe zu finden. Schon nach wenigen Minuten spürte er die Last seines Körpers als schmerzenden Druck an den Fußsohlen, verlagerte er das Gewicht von einem Fuß auf den anderen und wieder zurück, fiel dadurch in einen leisen Taumel und mußte kleine Seitenschritte einlegen, um seinen Schwerpunkt, den er doch bisher immer mustergültig im Lot gehalten hatte, nicht aus der Balance geraten zu lassen. Auch juckte es ihn auf einmal an den Oberschenkeln, an den Flanken der Brust und im Nacken. Nach einer Weile juckte es ihn auf der Stirn, als wenn sie trocken und spröde geworden wäre wie manchmal im Winter – dabei war es doch heiß jetzt, ungebührlich heiß sogar für Viertel nach neun Uhr, die Stirn war bereits so feucht, wie sie es eigentlich erst gegen elf Uhr dreißig hätte sein dürfen... es juckte an den Armen, die Brust, den Rücken, die Beine hinunter, überall, wo Haut war, juckte es, und er hätte sich kratzen mögen, ganz hemmungslos und gierig, aber das ging ja nun beileibe nicht, daß ein Wachmann sich öffentlich kratzte! Und so holte er tief Atem, warf sich in die Brust, buckelte, entspannte den Rücken, hob und senkte die Schultern und wetzte sich auf diese Weise von innen gegen seine eigene Kleidung, um sich Erleichterung zu schaffen. Diese ungewohnten Verrenkungen und Zuckungen verstärkten nun allerdings wieder jenen Taumel, und bald wollten die kleinen seitlichen Ausfallschritte zur Wahrung des Gleichgewichts nicht mehr genügen, und Jonathan sah sich gezwungen, die statuarische Standwache entgegen seiner Gewohnheit schon vor dem Eintreffen von Monsieur Roedels Limousine gegen einhalb zehn Uhr aufzugeben und ins Auf-und-ab-Patrouillieren überzugehen, sieben Schritte nach links, sieben Schritte nach rechts. Dabei versuchte er, den Blick an der Trittkante der zweiten Marmorstufe festzuhaken, ihn gleichsam wie ein Wägelchen auf einer sicheren Schiene hin- und herfahren zu lassen, damit sich durch dies monoton eingeträufelte, immer gleiche Bild der Marmorstufentrittkante in seinem Innern die ersehnte sphinxische Gelassenheit einstelle, die ihn die Schwere seines Körpers und das Jucken seiner Haut und überhaupt das ganze sonderbare Durcheinander in Leib und Geist vergessen ließe. Aber da war nichts zu machen. Das Wägelchen brach ständig aus dem Geleise. Mit jedem Lidschlag löste sich der Blick von der vermaledeiten Kante und sprang ein anderes Ding an: einen Zeitungsfetzen auf dem Trottoir; einen Fuß in blauer Socke; einen Frauenrücken; einen Einkaufskorb mit Broten darin; den Knauf der äußeren Panzerglastüre; den leuchtend roten Rhombus der Tabakregie am Café gegenüber; ein Fahrrad, einen Strohhut, ein Gesicht… Und nirgendwo gelang es ihm, sich festzusaugen, sich einen neuen Fixpunkt auszumachen, der ihm Halt und Orientierung gäbe. Kaum war zur rechten Hand der Strohhut fokussiert, da riß ein Autobus den Blick nach links die Straße hinunter, um ihn schon nach ein paar Metern an ein weißes Sportcabriolet abzugeben, das ihn wieder nach rechts die Straße herauftrieb, wo unterdessen der Strohhut verschwunden war – das Auge suchte ihn vergebens in der Menge der Passanten, in der Menge der Hüte, blieb an einer Rose hängen, die an einem völlig anderen Hut schwankte, riß sich los, fiel schließlich zurück auf die Trittkante, konnte abermals nicht ruhen, schweifte weiter, rastlos, von Punkt zu Punkt, von Fleck zu Fleck, von Linie zu Linie ... Es war, als läge heute in der Luft ein Hitzeflirren, wie man es nur von den heißesten Julinachmittagen kennt. Durchsichtige Schleier zitterten vor den Dingen. Die Konturen der Häuser, Dachlinien, Firste waren gleißend grell gezeichnet und zugleich unscharf, als wären sie ausgefranst. Die Rinnsteinkanten und die Fugen zwischen den Steinquadern des Trottoirs – sonst wie mit dem Lineal gezogen – schlängelten sich in glitzernden Kurven. Und die Frauen schienen heute alle grelle Kleider zu tragen, sie loderten wie Flammen vorüber, zwangen den Blick auf sich und ließen ihn doch nicht verweilen. Nichts war mehr klar umrissen. Nichts war mehr deutlich zu fixieren. Alles waberte.

Es sind die Augen, dachte Jonathan. Ich bin über Nacht kurzsichtig geworden. Ich brauche eine Brille. Als Kind hatte er einmal eine Brille tragen müssen, keine starke, nullkommafünfundsiebzig Dioptrien minus, links und rechts. Es war sehr seltsam, daß ihm die Kurzsichtigkeit nun abermals im fortgeschrittenen Alter zu schaffen machte. Im Alter werde man eher weitsichtig, hatte er gelesen, und vorhandene Kurzsichtigkeit nehme ab. Vielleicht war es gar keine klassische Kurzsichtigkeit, woran er litt, sondern etwas, dem man mit einer Brille gar nicht mehr beikommen konnte: ein Star, ein Glaukom, eine Netzhautablösung, ein Augenkrebs, ein Tumor im Gehirn, der auf den Sehnerv drückte...

Er war so sehr beschäftigt mit diesem entsetzlichen Gedanken, daß ein wiederholtes kurzes Hupen nicht recht in sein Bewußtsein drang. Erst beim vierten oder fünften Mal – man hupte nun in langgezogenen Tönen – hörte er und reagierte und hob den Kopf: Und da stand doch tatsächlich Monsieur Roedels schwarze Limousine vor dem Gattertor! Man hupte abermals und winkte gar, als wartete man schon etliche Minuten. Vor dem Gattertor! Monsieur Roedels Limousine! Wann hätte er ihr Nahen je verpaßt? Er brauchte üblicherweise nicht einmal zu schauen, er spürte, daß sie kam, er hörte es am Sirren des Motors, er hätte schlafen können und wäre wie ein Hund erwacht, wenn Monsieur Roedels Limousine nahte.

Er eilte nicht, er stürzte hinzu – fast wäre er in seiner Hast gefallen –, er schloß das Gatter auf, schob es zurück, er salutierte, ließ passieren, er spürte, wie sein Herz pochte und wie die Hand am Mützenschirm erbebte.

Als er das Tor geschlossen hatte und zurück zum Hauptportal ging, war er schweißgebadet. »Du hast Monsieur Roedels Limousine verpaßt«, murmelte er mit vor Verzweiflung zitternder Stimme vor sich hin und wiederholte, als könnte er es selbst nicht fassen: »Du hast Monsieur Roedels Limousine verpaßt... du hast sie verpaßt, du hast versagt, du hast deine Pflichten grob vernachlässigt, du bist nicht nur blind, du bist taub, du bist verkommen und alt, du taugst nicht mehr zum Wachmann.«

Er war an der untersten Stufe der Marmortreppe angelangt, erklomm sie und versuchte, wieder Haltung anzunehmen. Er merkte gleich, daß es ihm nicht gelang. Die Schultern ließen sich nicht mehr gerade halten, die Arme baumelten an der Hosennaht. Er wußte, daß er in diesem Moment eine lächerliche Figur abgab, und konnte nichts dagegen tun. In stiller Verzweiflung schaute er auf den Bürgersteig, auf die Straße, aufs Café gegenüber. Das Flirren in der Luft hatte aufgehört. Die Dinge standen wieder im Lot, die Linien verliefen gerade, die Welt lag klar vor seinen Augen. Er hörte den Verkehrslärm, das Zischen der Omnibustüren, die Rufe der Kellner aus dem Café, das Klappern der Stöckelschuhe der Frauen. Weder seine Sehkraft noch sein Gehör waren im mindesten beeinträchtigt. Aber der Schweiß lief ihm in Strömen von der Stirn. Er fühlte sich schwach.

Er drehte sich um, stieg auf die zweite Stufe, stieg auf die dritte Stufe und stellte sich in den Schatten dicht vor die Säule neben der äußeren Panzerglastüre. Er verschränkte die Hände hinter dem Rücken, so daß sie die Säule berührten. Dann ließ er sich sachte zurückfallen, gegen die eigenen Hände und gegen die Säule, und lehnte sich an, zum ersten Mal in seiner dreißigjährigen Dienstzeit. Und für ein paar Sekunden schloß er die Augen. So sehr schämte er sich.

—

In der Mittagspause holte er Koffer, Mantel und Regenschirm aus der Garderobe und ging in die nahegelegene Rue Saint-Placide, wo sich ein kleines Hotel befand, das hauptsächlich von Studenten und Gastarbeitern bewohnt wurde. Er verlangte das billigste Zimmer, man bot ihm eines an für fünfundfünfzig Franc, er nahm es unbesehen, zahlte im voraus, ließ sein Gepäck an der Rezeption. An einem Kiosk kaufte er sich zwei Rosinenschnecken und eine Tüte Milch und ging hinüber in den Square Boucicaut, einen kleinen Park vor dem Kaufhaus Bon Marché. Er setzte sich auf eine Bank im Schatten und aß.

Zwei Bänke weiter hockte ein Clochard. Der Clochard hatte eine Flasche Weißwein zwischen den Oberschenkeln, eine halbe Baguette in der Hand und eine Tüte mit geräucherten Sardinen neben sich auf der Bank liegen. Er zog die Sardinen, eine nach der anderen, am Schwanz aus der Tüte, biß ihnen den Kopf ab, spie ihn aus und steckte den Rest ganz in den Mund. Ein Stück Brot hinterher, ein großer Schluck aus der Flasche und ein zufriedenes Stöhnen. Jonathan kannte den Mann. Im Winter saß er immer am Lagereingang des Kaufhauses auf den Gittern über dem Heizungskeller; und im Sommer vor den Boutiquen in der Rue de Sèvres oder am Portal der Fremdenmission oder neben dem Postamt. Er lebte seit Jahrzehnten hier im Viertel, ebenso lange wie Jonathan. Und Jonathan erinnerte sich daran, daß damals, vor dreißig Jahren, als er ihn zum ersten Mal gesehen hatte, eine Art wütender Neid in ihm aufgestiegen war, Neid auf die unbekümmmerte Art, mit der dieser Mensch sein Leben führte. Während Jonathan täglich Punkt neun Uhr seinen Dienst antrat, kam der Clochard oft erst um zehn oder elf daher; während Jonathan strammstehen mußte, lümmelte jener bequem auf einem Eckchen Karton und rauchte dabei; während Jonathan Stunde um Stunde, Tag für Tag und Jahr für Jahr eine Bank unter Einsatz seines Lebens bewachte und mit dieser Tätigkeit seinen Unterhalt sauer verdiente, machte jener Kerl nichts anderes, als daß er auf das Mitleid und die Fürsorge seiner Mitmenschen vertraute, die ihm das bare Geld in die Mütze warfen. Und nie schien er schlechter Laune zu sein, auch nicht, wenn die Mütze leer blieb, nie schien er zu leiden oder sich zu ängstigen oder auch nur zu langweilen. Immer ging eine empörende Selbstsicherheit und Selbstzufriedenheit von ihm aus, die provozierend zur Schau gestellte Aura der Freiheit.

Aber dann, einmal, Mitte der sechziger Jahre, im Herbst, als Jonathan zum Postamt in die Rue Dupin ging und vor dem Eingang fast über eine Weinflasche gestolpert wäre, die auf dem Kartoneckchen stand, zwischen einer Plastiktüte und der wohlbekannten Mütze mit den paar Münzen darin –, und als er einen Moment lang unwillkürlich Ausschau hielt nach dem Clochard, nicht weil er ihn als Person vermißte, sondern weil in dem Stilleben aus Flasche, Tüte und Karton der Mittelpunkt fehlte... da sah er ihn auf der gegenüberliegenden Straßenseite zwischen zwei geparkten Wagen hocken und sah, wie er seine Notdurft verrichtete: Er kauerte neben dem Rinnstein mit bis zu den Kniekehlen herabgezogenen Hosen, sein Hintern war Jonathan zugewendet, der Hintern war vollkommen entblößt, Passanten gingen vorüber, jedermann konnte ihn sehen: einen mehlweißen, von blauen Flecken und rötlichen Schorfstellen gescheckten Hintern, der so geschunden aussah wie der Hintern eines bettlagerigen Greises – dabei war doch der Mensch nicht älter, als Jonathan damals selbst war, vielleicht dreißig, höchstens fünfunddreißig Jahre alt. Und aus diesem geschundenen Hintern schoß nun ein Strahl brauner, suppiger Flüssigkeit gegen das Pflaster, in ungeheurer Heftigkeit und Menge, es bildete sich eine Pfütze, ein See, der die Schuhe umwallte, und die herab- und emporgeschleuderten Spritzer besudelten Socken, Schenkel, Hose, Hemd, alles...

So elend, so ekelerregend, so grauenvoll war dieser Anblick, daß Jonathan noch heute erschauderte, wenn er sich bloß daran zurückerinnerte. Damals floh er, nach einem Moment der Entsetzenserstarrung, in das rettende Postamt, bezahlte seine Stromrechnung, kaufte noch Briefmarken, obwohl er gar keine brauchte, nur um seinen Aufenthalt zu verlängern und um sicher zu sein, daß er den Clochard beim Verlassen des Postamtes nicht mehr bei seinem Geschäft anträfe. Als er dann ging, kniff er die Augen zusammen und senkte den Blick und zwang sich, nicht auf die gegenüberliegende Straßenseite zu schauen, sondern hart nach links, die Rue Dupin hinauf, und dorthin lief er auch, nach links, obwohl er da gar nichts verloren hatte, bloß damit er nicht an dem Platz mit der Weinflasche, dem Karton und der Mütze vorübermüsse, und nahm einen großen Umweg in Kauf, über die Rue du Cherche-Midi und den

Boulevard Raspail, ehe er die Rue de la Planche gewann und sein Zimmer, das sichere Gehäuse.

Von dieser Stunde an war in Jonathans Seele jedes Gefühl von Neid auf den Clochard erloschen. Wenn sich bisher noch von Zeit zu Zeit ein leiser Zweifel in ihm geregt hatte, ob es sinnvoll sei, daß ein Mensch den Dritteil seines Lebens stehend vor den Toren einer Bank verbringe, dabei gelegentlich ein Gatter öffne und vor der Limousine des Direktors salutiere, immer dasselbe, bei geringem Urlaub und geringem Gehalt, von dem der größte Teil in Form von Steuern, Miete und Sozialversicherungsbeiträgen spurlos verschwand ... ob dies alles sinnvoll sei – so stand ihm jetzt die Antwort mit der Klarheit jenes fürchterlichen, in der Rue Dupin empfangenen Bildes vor Augen: Ja, es war sinnvoll. Es war sogar sehr sinnvoll, denn es bewahrte ihn davor, seinen Hintern öffentlich zu entblößen und auf die Straße zu scheißen. Was gab es Elenderes, als seinen Hintern öffentlich zu entblößen und auf die Straße scheißen zu müssen? Was gab es Erniedrigenderes als diese herabgelassenen Hosen, diese hingekauerte Haltung, diese erzwungene, häßliche Nacktheit? Was Hilfloseres und Demütigenderes als den Zwang, das peinliche Geschäft vor den Augen der Welt zu verrichten? Notdurft! Allein ihr Name verriet das Gequälte. Und wie alles, was man unter unabweisbarem Zwang tun mußte, erheischte sie, um überhaupt erträglich zu sein, die radikale Abwesenheit anderer Menschen... oder doch zumindest den Anschein ihrer Abwesenheit: einen Wald, wenn man sich auf dem Lande befand; ein Gebüsch, wenn's einen auf offnem Feld überkam, oder wenigstens eine Ackerfurche oder die Abenddämmerung oder, wenn es die nicht gab, ein gut überschaubares Glacis von einem Kilometer im Umkreis, auf dem sich niemand blicken lassen durfte. Und in der Stadt? In der es von Menschen wimmelte? In der es niemals wirklich dunkel wurde? In der selbst ein verlassenes Ruinengrundstück keine hinreichende Sicherheit vor zudringlichen Blicken bot? In der Stadt, da half nichts anderes zur Distanzierung der Menschen als ein Verschlag mit gutem Schloß und Riegel. Wer ihn nicht besaß, diesen sicheren Hort für die Notdurft, der war der erbärmlichste und bedauernswerteste aller Menschen, Freiheit hin oder her. Mit wenig Geld hätte Jonathan auskommen können. Er hätte sich vorstellen können, eine schäbige Jacke, eine zerfetzte Hose zu tragen. Zur Not, und wenn er seine ganze romantische Phantasie mobilisierte, wäre es ihm sogar noch denkbar erschienen, auf einem Eckchen Karton zu schlafen und die Intimität des eigenen Zuhauses auf irgendeinen Winkel, ein Heizungsgitter, einen Treppenabsatz der Metrostation zu beschränken. Aber wenn man in einer Großstadt nicht einmal mehr zum Scheißen eine Türe hinter sich zumachen konnte – und sei es nur die Türe des Etagenklos –, wenn einem diese eine, die wichtigste Freiheit genommen war, die Freiheit nämlich, sich in der eigenen Not vor den anderen Menschen zurückzuziehen, dann waren alle anderen Freiheiten wertlos. Dann hatte das Leben keinen Sinn mehr. Dann war es besser, tot zu sein.

Als Jonathan die Erkenntnis gekommen war, daß das Wesen der menschlichen Freiheit im Besitz eines Etagenklos bestand und daß er über diese essentielle Freiheit verfügte, wurde er von einem Gefühl tiefer Genugtuung ergriffen. Ja, es war schon recht, wie er sein Leben eingerichtet hatte! Er führte eine durch und durch geglückte Existenz. Da gab es nichts, aber schon rein gar nichts zu bedauern oder anderen Menschen abzuneiden.

Von Stund an stand er wie auf festeren Beinen vor den Toren der Bank. Gleichsam wie aus Erz gegossen stand er da. Jene solide Selbstzufriedenheit und Selbstsicherheit, die er bisher in der Person des Clochards vermutet hatte, waren in ihn selber eingeflossen wie geschmolzenes Metall, waren zu einem inneren Panzer erstarrt und hatten ihn schwerer gemacht. Fortan konnte ihn nichts mehr erschüttern und kein Zweifel mehr wanken machen. Er hatte zur sphinxischen Gelassenheit gefunden. Dem Clochard gegenüber – wenn er ihm begegnete oder ihn irgendwo sitzen sah – verspürte er nur noch jene Empfindung, die gemeinhin als Toleranz bezeichnet wird: ein sehr laues Gefühlsgemisch von Ekel, Verachtung und Mitleid. Der Mensch regte ihn nicht mehr auf. Der Mensch war ihm egal.

Er war ihm egal gewesen bis auf den heutigen Tag, da Jonathan im Square Boucicaut saß, seine Rosinenschnecken verzehrte und Milch aus der Tüte trank. Üblicherweise ging er in der Mittagspause nach Hause. Er wohnte ja nur fünf Minuten von hier. Üblicherweise machte er sich zu Hause etwas Warmes auf seiner Kochplatte, ein Omelett, Spiegeleier mit Schinken, Nudeln mit geriebenem Käse, den Rest einer Suppe vom Vortag und Salat dazu und eine Tasse Kaffee. Es war eine Ewigkeit her, daß er in der Mittagspause auf einer Parkbank gesessen und Rosinenschnecken gegessen und Milch aus der Tüte getrunken hatte. Eigentlich mochte er Süßes nicht besonders. Und Milch auch nicht. Aber er hatte heute ja schon fünfundfünfzig Franc für das Hotelzimmer ausgegeben; da wäre es ihm wie Verschwendung vorgekommen, in ein Café zu gehen und dort Omelett, Salat und Bier zu bestellen.

Der Clochard drüben auf der Bank war mit seiner Mahlzeit fertig. Er hatte nach den Sardinen und dem

Brot noch Käse, Birnen und Kekse zu sich genommen, einen großen Schluck aus der Weinflasche getan, einen tiefbefriedigten Seufzer ausgestoßen und sich dann seine Jacke zum Kissen zusammengerollt, den Kopf darauf gebettet und den faulen, satten Körper der Länge nach auf der Bank ausgestreckt, um Mittagsruhe zu halten. Jetzt schlief er. Spatzen kamen herangehüpft und pickten die Brotbrösel auf, dann wackelten, angelockt von den Spatzen, einige Tauben auf die Bank zu und hackten mit ihren schwarzen Schnäbeln nach den abgebissenen Sardinenköpfen. Der Clochard ließ sich von den Vögeln nicht stören. Er schlief fest und friedlich.

Jonathan betrachtete ihn. Und indem er ihn betrachtete, befiel ihn eine seltsame Unruhe. Diese Unruhe war nicht von Neid gespeist wie seinerzeit, sondern von Verwunderung: Wie war es möglich – so fragte er sich –, daß dieser Mensch mit über fünfzig Jahren überhaupt noch lebte? Hätte er bei seiner durch und durch verantwortungslosen Lebensweise nicht längst verhungert, erfroren, von einer Leberzirrhose dahingerafft – jedenfalls tot sein müssen? Statt dessen aß und trank er mit bestem Appetit, schlief den Schlaf des Gerechten und machte in seiner geflickten Hose – die natürlich längst nicht mehr jene Hose war, die er damals in der Rue Dupin herabgelassen hatte, sondern eine relativ flotte, fast modi sche, nur eben da und dort ausgebesserte Cordhose – und in seiner Baumwolljacke den Eindruck einer durchaus gefestigten Persönlichkeit, die mit sich und der Welt in schönstem Einklang stand und das Leben genoß... während er, Jonathan – und seine Verwunderung steigerte sich nach und nach zu einer Art nervöser Gedankenverwirrung –, während er, der doch sein Leben lang ein braver, ordentlicher Mensch gewesen, anspruchslos, asketisch fast und sauber und immer pünktlich und gehorsam, zuverlässig, wohlanständig... und jeden Sou, den er besaß, auch selbst verdient, und immer alles bar bezahlt, die Stromrechnung, die Miete, das Weihnachtsgeld für die Concierge... und niemals Schulden gemacht, nie jemandem zur Last gefallen, nicht einmal krank gewesen und der Sozialversicherung auf der Tasche gelegen... nie irgend jemandem irgendwas zuleid getan, nie, nie etwas anderes gewollt im Leben, als nur sich seinen eigenen, bescheidenen kleinen Seelenfrieden zu erhalten und zu sichern... während er in seinem dreiundfünfzigsten Jahr sich Hals über Kopf in eine Krise gestürzt sah, die seinen ganzen fein ausgetüftelten Lebensplan erschütterte und ihn irremachte und verwirrt und ihn Rosinenschnecken fressen ließ aus lauter Verwirrtheit und Angst. Ja, er hatte Angst! Weiß Gott, er zitterte und hatte Angst, wenn er nur diesen schlafenden Clochard ansah: Er hatte mit einemmal fürchterliche Angst davor, so werden zu müssen wie der verlotterte Mensch dort auf der Bank. Wie schnell konnte es geschehen, daß man verarmte und herunterkam! Wie schnell zerbröckelte das scheinbar festgefügte Fundament der eigenen Existenz! »Du hast Monsieur Roedels Limousine verpaßt«, fuhr es ihm wieder durch den Kopf. »Was noch nie geschehen ist und was nie hätte geschehen dürfen, ist heute dennoch passiert: Du hast die Limousine verpaßt. Und wenn du heute die Limousine verpaßt, dann verpaßt du vielleicht morgen den ganzen Dienst, oder du verlierst den Schlüssel zum Scherengittertor, und nächsten Monat wirst du schimpflich entlassen, und eine neue Arbeit findest du nicht, denn wer stellt einen Versager ein? Von der Arbeitslosenhilfe kann kein Mensch leben, dein Zimmer hast du bis dahin ohnehin längst verloren, es wohnt eine Taube darin, eine Familie von Tauben bewohnt, beschmutzt und verwüstet dein Zimmer, die Hotelrechnungen steigen ins Unermeßliche, du betrinkst dich aus Kummer, trinkst immer mehr, vertrinkst dein gesamtes Erspartes, verfällst dem Suff ausweglos, wirst krank, verluderst, verlausest, verkommst, wirst aus der letzten, billigsten Absteige verjagt, du hast keinen Sou mehr, du stehst vor dem Nichts, du stehst auf der Straße, du schlafst, du wohnst auf der Straße, du scheißt auf die Straße, du bist am Ende, Jonathan, vor Jahresfrist noch bist du am Ende und wirst als Clochard mit zerlumpten Kleidern auf einer Parkbank liegen wie er da, dein verlotterter Bruder!«

Der Mund war ihm trocken geworden. Er wandte den Blick vom Menetekel des schlafenden Mannes und würgte den letzten Bissen seiner Rosinenschnecke hinunter. Es dauerte eine Ewigkeit, bis der Bissen im Magen war, in schneckenhafter Langsamkeit kroch er die Speiseröhre hinab, manchmal schien er gar steckenzubleiben und preßte und schmerzte, als durchbohrte ein Nagel die Brust, und Jonathan meinte, er müsse ersticken an diesem ekelhaften Bissen. Aber dann rutschte das Ding doch wieder weiter, ein Stückchen und wieder ein Stückchen, und endlich war es drunten, und der krampfartige Schmerz löste sich. Jonathan holte tief Luft. Er wollte jetzt gehen. Er wollte hier nicht länger bleiben, obwohl die Mittagspause erst in einer halben Stunde endete. Er hatte genug. Der Ort war ihm verleidet. Mit dem Handrücken kehrte er die wenigen Rosinenschneckenbrösel, die ihm trotz aller Vorsicht beim Essen herabgefallen waren, vom Schoß seiner Diensthose, kniff den Falz der Bügelfalte wieder auf, erhob sich und ging davon, ohne noch einmal einen Blick auf den Clochard zu werfen.

Er war schon wieder auf der Rue de Sèvres, als ihm

einfiel, daß er die leergetrunkene Milchtüte auf der Parkbank hatte stehenlassen, und das war ihm unangenehm, denn er haßte es, wenn andere Leute Unrat auf den Bänken liegenließen oder einfach auf die Straße warfen anstatt dorthin, wohin der Unrat gehörte, nämlich in die allenthalben aufgestellten Abfallkörbe. Er selbst hatte noch nie Unrat einfach weggeworfen oder auf einer Parkbank liegenlassen, niemals, auch nicht aus Nachlässigkeit oder aus Vergeßlichkeit, so etwas passierte ihm einfach nicht... und deshalb wollte er auch nicht, daß es ihm heute passiere, gerade heute nicht, an diesem prekären Tag, an dem schon so viel Unheil passiert war. Er befand sich ja ohnehin schon auf der schiefen Bahn, benahm sich ja ohnehin schon wie ein Narr, wie ein unzurechnungsfähiges Subjekt, fast wie ein Asozialer – Monsieur Roedels Limousine verpaßt! Im Park Rosinenschnecken zu Mittag gegessen! Wenn er jetzt nicht aufpaßte, gerade in den kleinen Dingen, und sich den scheinbar nebensächlichsten Unachtsamkeiten wie dem Stehenlassen dieser Milchtüte nicht aufs energischste entgegenstemmte, dann würde er bald jeden Halt verlieren, und sein Ende im Elend würde durch nichts mehr aufzuhalten sein.

Er machte also kehrt und ging zurück in den Park. Schon von weitem sah er, daß die Bank, auf der er gesessen hatte, noch frei war, und beim Näherkommen erkannte er zu seiner Erleichterung zwischen den dunkelgrün gestrichenen Latten der Rückenlehne hindurch den weißen Karton der Milchtüte. Seine Nachlässigkeit war offenbar noch niemandem aufgefallen, er konnte den unverzeihlichen Fehler ausmerzen. Er beugte sich, von hinten an die Bank herantretend, tief über die Lehne, ergriff mit der Linken die Milchtüte, richtete sich wieder auf, wobei er eine entschiedene Drehung des Körpers nach rechts vollführte, ungefähr in jene Richtung, in der er den nächsten Abfallkorb wußte – und da spürte er ein jähes, schräg abwärts gerichtetes, heftiges Zerren an seiner Hose, dem er aber nicht mehr nachgeben konnte, da es zu plötzlich einsetzte und da er eben mitten in jener genau entgegengesetzt wirkenden, sich aufwärtsschraubenden Bewegung begriffen war. Und gleichzeitig tat es ein häßliches Geräusch, ein lautes »Ratsch«, und er fühlte über die Haut des linken Oberschenkels einen Zugwind streichen, der das ungehinderte Eindringen von Außenluft verriet. Für einen Moment war er so entsetzt, daß er nicht hinzusehen wagte. Auch schien ihm das »Ratsch« – es hallte noch in seinen Ohren nach – von so enormer Lautstärke gewesen, als wäre da nicht nur irgend etwas an seiner Hose gerissen, sondern als liefe ein Riß durch ihn selbst, durch die Bank, durch den ganzen Park, wie eine klaffende Erdbebenspalte, und als müßten alle Leute im Umkreis es gehört haben, dieses fürchterliche »Ratsch«, und nun ihn, Jonathan, als dessen Urheber empört ansehen. Es schaute aber niemand. Die alten Frauen strickten weiter, die alten Männer lasen weiter in ihren Zeitungen, die wenigen Kinder, die auf dem kleinen Spielplatz waren, rutschten weiter die Rutsche hinunter, und der Clochard schlief. Langsam senkte Jonathan den Blick. Der Riß war etwa zwölf Zentimeter lang. Er verlief vom unteren Ende der linken Hosentasche, die sich bei jener Drehbewegung an einer hervorstehenden Schraube der Bank verfangen hatte, den Oberschenkel hinab, aber nicht ordentlich die Naht entlang, sondern mitten hinein in den schönen Gabardinestoff der Diensthose, und dann noch einmal im rechten Winkel etwa zwei Daumenbreit zur Bügelfalte hin, so daß nicht etwa bloß eine diskrete Spalte im Stoff entstanden war, sondern ein unübersehbares Loch, über dem ein dreieckiges Fähnchen flatterte.

Jonathan fühlte, wie ihm das Adrenalin ins Blut schoß, jener prickelnde Stoff, von dem er einmal gelesen hatte, daß ihn die Nebenniere in Momenten höchster leiblicher Gefahr und seelischer Bedrängtheit ausschütte, um des Körpers letzte Reserven für die Flucht oder für einen Kampf auf Leben und Tod zu mobilisieren. In der Tat kam er sich wie verwundet vor. Ihm war, als klaffte da nicht nur in seiner Hose, sondern in seinem eigenen Fleisch eine zwölf Zentimeter lange Wunde, aus der sein Blut quölle, sein Leben, das doch so ganz in innerem abgeschlossenem Kreislauf zirkulierte, und als müßte er an der Wunde sterben, gelänge es ihm nicht, sie alsbald zu verschließen. Aber da war auch dieses Adrenalin, das ihn, der zu verbluten glaubte, auf wunderbare Weise belebte. Sein Herz schlug stark, sein Mut war groß, seine Gedanken waren mit einemmal ganz klar und auf ein Ziel gerichtet: »Du mußt sofort etwas tun«, rief es in ihm, »du mußt augenblicklich etwas unternehmen, um dieses Loch zu verschließen, sonst bist du verloren!« Und indem er sich fragte, was er unternehmen könne, wußte er auch schon die Antwort – so schnell wirkt Adrenalin, die herrliche Droge, so beflügelnd wirkt die Angst auf Intelligenz und Tatkraft. Kurzentschlossen packte er die Milchtüte, die er immer noch in der linken Hand hielt, mit der Rechten, zerknüllte sie, warf sie weg, irgendwohin, auf den Rasen, auf den Sandweg, er achtete nicht darauf. Die freigewordene Linke preßte er auf das Loch am Oberschenkel, und dann stürzte er davon, das linke Bein möglichst steif haltend, damit die Hand nicht verrutsche, wild rudernd der rechte Arm, in stürmisch wippendem Gang, wie er Hinkenden zueigen ist, rannte hinaus zum Park und die Rue de Sèvres hinauf, er hatte nur noch eine knappe halbe Stunde Zeit.

In der Lebensmittelabteilung des Bon Marché, Ecke Rue du Bac, gab es eine Schneiderin. Er hatte sie erst vor ein paar Tagen gesehen. Sie saß gleich vorne, in der Nähe des Eingangs, dort, wo die Einkaufswagen abgestellt wurden. Sie hatte ein Schild an ihrer Nähmaschine hängen, und darauf stand zu lesen, er konnte sich genau erinnern: *Jeannine Topell – Änderungen und Reparaturen – sorgfältig und schnell.* Diese Frau würde ihm helfen. Sie mußte ihm helfen – wenn sie nicht selbst gerade in der Mittagspause war. Aber sie würde nicht in der Mittagspause sein, nein, nein, das wäre zu viel Pech. So viel Pech konnte er an einem Tag nicht haben. Nicht jetzt. Nicht, wenn die Not so groß war. Wenn die Not am ärgsten war, dann hatte man Glück, dann fand man Hilfe. Madame Topell würde an ihrem Platz sein und würde helfen.

Madame Topell *war* an ihrem Platz! Er sah sie schon vom Eingang der Lebensmittelabteilung aus an ihrer Maschine sitzen und nähen. Ja, auf Madame Topell war Verlaß, sogar während der Mittagspause arbeitete sie, sorgfältig und schnell. Er rannte hin zu ihr, stellte sich neben die Nähmaschine, nahm die Hand vom Oberschenkel, warf einen raschen Blick auf seine Armbanduhr, es war vierzehn Uhr fünf, er räusperte sich: »Madame!«, begann er.

Madame Topell vollendete die Plissiernaht eines roten Rockes, den sie in Arbeit hatte, schaltete die Maschine aus und entspannte das Nadelfüßchen, um den Stoff zu befreien und die Fäden abzuschneiden. Dann hob sie den Kopf und sah Jonathan an. Sie trug eine sehr große Brille mit dickem, perlmuttenem Rahmen und stark gewölbten Gläsern, die ihre Augen zu Riesenaugen machten und ihre Augenhöhlen zu tiefen, schattigen Teichen. Ihr Haar war kastanienbraun und fiel glatt bis über die Schultern, und ihre Lippen waren silbrig-violett geschminkt. Sie mochte vielleicht Ende Vierzig sein, vielleicht Mitte Fünfzig, sie hatte die Allüre jener Damen, die das Schicksal aus Glaskugeln oder aus Karten lesen können, die Allüre jener ziemlich herabgekommenen Damen, für die die Bezeichnung »Dame« eigentlich gar nicht mehr so recht passen will und zu denen man gleichwohl sofort Vertrauen faßt. Und auch ihre Finger – sie schob die Brille mit den Fingern ein wenig die Nase hinauf, um Jonathan besser ins Auge fassen zu können –, auch ihre Finger, kurze, würstchenhafte und dennoch – trotz der vielen Handarbeit – gepflegte Finger mit silbrig-violett lackierten Nägeln, waren von vertraueneinflößender Halbeleganz. »Sie wünschen?« sagte Madame Topell mit leicht angerauhter Stimme.

Jonathan drehte sich ihr seitlich zu, deutete auf das Loch in seiner Hose und fragte: »Können Sie das reparieren?« Und weil ihm die Frage zu barsch geäußert erschien und seinen adrenalisierten Erregungszustand verraten mochte, fügte er abmildernd, in möglichst beiläufigem Ton hinzu: »Es ist ein Loch, ein kleiner Riß ... ein dummes Mißgeschick, Madame. Ob man da wohl etwas machen kann?«

Madame Topell ließ den Blick ihrer Riesenaugen an Jonathan herabwandern, fand das Loch am Schenkel und beugte sich vornüber, um es zu untersuchen. Dabei spaltete sich die glatte Fläche ihres Kastanienhaars von den Schulterblättern zum Hinterkopf zu und entblößte einen kurzen, weißen, speckgepolsterten Nacken; und gleichzeitig stieg ein Duft von ihr auf, so schwer und pudrig und betäubend, daß Jonathan unwillkürlich den Kopf zurückwerfen und den Blick von der Nähe des Nackens in die Ferne des Supermarktes springen lassen mußte; und einen Moment lang sah er die Totalität des Raumes vor sich, mit all den Regalen und Kühltruhen und Käse- und Wurstständen und Sonderangebotstischen und Flaschenpyramiden und Gemüsebergen und mit den dazwischen herumirrenden, Einkaufswagen schiebenden, Kleinkinder hinter sich herzerrenden Kunden, mit den Bedienungen, den Lageristen, den Kassiererinnen – eine wuselnde, lärmverbreitende Menge von Menschen, an deren Rand, preisgegeben allen Blicken, er, Jonathan, mit seiner zerfetzten

Hose stand... Und es zuckte ihm der Gedanke durchs Gehirn, es könnten sich da in der Menge etwa Monsieur Vilman, Madame Roques oder gar Monsieur Roedel befinden und ihn, Jonathan, beobachten, der von einer etwas herabgekommenen Dame mit kastanienbraunem Haar an einer prekären Stelle seines Körpers öffentlich untersucht wurde. Und ihm wurde gar ein wenig mulmig, zumal er jetzt, weiß Gott, einen von Madame Topells würstchenhaften Fingern an seiner Schenkelhaut spürte, der da das eingerissene Stoffähnchen auf- und niederklappte...

Aber da tauchte Madame schon wieder aus der Schenkeltiefe empor, lehnte sich im Stuhl zurück, und der direkte Zustrom ihres Parfüms war unterbrochen, so daß Jonathan den Kopf senken und den Blick aus der verwirrenden Weite des Raumes zurückziehen und auf die vertrauenerweckende Nähe von Madame Topells großen, gewölbten Brillengläsern lenken konnte.

»Nun?« fragte er und noch einmal: »Nun?«, in einer Art banger Ungeduld, als stünde er als Patient vor seiner Ärztin und befürchtete eine niederschmetternde Diagnose.

»Kein Problem«, sagte Madame Topell. »Man muß nur etwas unterlegen. Und eine kleine Naht wird zu sehen sein. Anders geht das nicht.«

»Aber das macht überhaupt nichts«, sagte Jonathan, »eine kleine Naht macht überhaupt nichts, wer schaut schon auf diese abgelegene Stelle?« Und er warf einen Blick auf seine Uhr, es war vierzehn Uhr vierzehn. »Sie können es also richten? Sie können mir helfen, Madame?«

»Ja, natürlich«, sagte Madame Topell und schob ihre Brille, die während der Untersuchung des Loches etwas herabgerutscht war, wieder die Nase hinauf.

»Oh, ich danke Ihnen, Madame«, sagte Jonathan, »ich danke Ihnen sehr. Sie befreien mich aus einer großen Verlegenheit. Nun hätte ich nur noch eine Bitte: Könnten Sie… würden Sie so überaus freundlich sein – ich bin nämlich in Eile, ich habe nur noch…« – und er sah wieder auf die Uhr – »… habe nur noch zehn Minuten Zeit – könnten Sie es sofort machen? Ich meine: jetzt gleich? Unverzüglich?«

Es gibt Fragen, die sich selbst verneinen, einfach dadurch, daß man sie stellt. Und es gibt Bitten, deren vollständige Vergeblichkeit zutage tritt, wenn man sie äußert und dabei einem anderen Menschen in die Augen schaut. Jonathan schaute in die umschatteten Riesenaugen der Madame Topell und wußte sogleich, daß alles sinnlos war, alles aussichtslos, hoffnungslos. Er hatte es schon zuvor gewußt, während er noch seine verhaspelte Frage stellte, hatte er es gewußt, geradezu körperlich gespürt hatte er es am Absinken des Adrenalinspiegels in seinem Blut in dem Moment, da er auf seine Uhr geschaut hatte: zehn Minuten! Ihm war, als sinke er selbst, wie jemand, der auf einer Scholle morschen Eises steht, die im Begriffe ist, sich in Wasser aufzulösen. Zehn Minuten! Wie sollte irgend jemand in zehn Minuten in der Lage sein, dies fürchterliche Loch zu stopfen? Das ging ja nie. Das konnte gar nicht gehen. Man konnte das Loch ja schließlich nicht am Schenkel flicken. Man mußte unterlegen, und das hieß: die Hose ausziehen. Wo aber unterdessen eine andere Hose hernehmen, mitten in der Lebensmittelabteilung des Bon Marché? Die eigene Hose ausziehen und in Unterhosen dastehen...? Sinnlos. Vollkommen sinnlos.

»Sofort?« fragte Madame Topell, und Jonathan, obwohl er wußte, daß alles sinnlos war, und obwohl ein abgrundtiefer Defätismus ihn erfaßt hatte, nickte.

Madame Topell lächelte. »Schauen Sie, Monsieur: Das alles, was Sie hier sehen« – und sie deutete auf einen zwei Meter langen Garderobenständer, der über und über behängt war mit Kleidern, Jacken, Hosen, Blusen – »das alles muß ich sofort machen. Ich arbeite zehn Stunden am Tag.«

»Ja, natürlich«, sagte Jonathan, »ich verstehe vollkommen, Madame, es war nur eine dumme Frage.

Wie lange, meinen Sie, wird es dauern, bis Sie mein Loch geflickt haben?«

Madame Topell wandte sich wieder ihrer Maschine zu, rückte den Stoff des roten Rockes zurecht und ließ den Nadelfuß herab. »Wenn Sie mir die Hose nächsten Montag bringen, dann ist sie in drei Wochen fertig.«

»In drei Wochen?« wiederholte Jonathan wie betäubt.

»Ja«, sagte Madame Topell, »in drei Wochen. Schneller geht es nicht.«

Und dann schaltete sie die Maschine an, und die Nadel schnurrte los, und im selben Moment kam sich Jonathan wie gar nicht mehr vorhanden vor. Er sah zwar noch, kaum eine Armlänge entfernt, Madame Topell am Nähmaschinentischchen sitzen, sah den kastanienbraunen Kopf mit der perlmuttenen Brille, sah die rasch hantierenden dicken Finger und die sausende Nadel, die eine Naht in den Saum des roten Rockes pickte... und er sah auch noch im Hintergrund verschwommen das Getriebe des Supermarktes... aber er sah sich plötzlich selbst nicht mehr, das heißt, er sah sich selbst nicht mehr als einen Teil der Welt, die ihn umgab, sondern ihm war für ein paar Sekunden, als stünde er weit weg und außerhalb und betrachtete diese Welt wie durch ein umgekehrtes Fernglas. Und wieder, wie schon am Vormittag, wurde ihm schwindlig, und er taumelte. Er tat einen Schritt zur Seite und wendete sich ab und ging dem Ausgang zu. Durch die Bewegung des Gehens fand er in die Welt zurück, der Fernglaseffekt verschwand von seinen Augen. Aber in seinem Inneren taumelte es weiter.

In der Schreibwarenabteilung kaufte er eine Rolle Tesafilm. Er überklebte damit den Riß in seiner Hose, damit das dreieckige Fähnchen nicht mehr bei jedem Schritt aufklaffen könne. Dann kehrte er zur Arbeit zurück.

—

Den Nachmittag verbrachte er in einer Stimmung von Jammer und Wut. Er stand vor der Bank, auf der obersten Stufe, dicht vor der Säule, lehnte sich aber nicht an, denn er wollte seiner Schwäche nicht nachgeben. Er hätte es auch gar nicht gekonnt, denn zum unauffälligen Anlehnen wäre es nötig gewesen, beide Hände hinter dem Rücken zu verschränken, und das war nicht möglich, denn die Linke mußte ja herabhängen, um die Klebestelle am Schenkel zu verbergen. Statt dessen war er gezwungen, um sicheren Stand zu halten, die Beine zum verhaßten Spreizschritt auszustellen, so wie es die dummen jungen Kerle taten, und er merkte, wie sich dadurch das Rückgrat auswölbte und wie der sonst frei und

aufrecht getragene Hals zwischen die Schultern nie-
dersank, und mit ihm Kopf und Mütze, und wie sich
wiederum dadurch ganz automatisch jener unter dem
Mützenschirm hervorlugende, bösartig lauernde
Blick einstellte und jene muffige Miene, die er bei den
anderen Wachmännern so sehr verachtete. Er kam
sich wie verkrüppelt vor, wie die Karikatur eines
Wachmanns, wie ein Spottbild seiner selbst. Er
verachtete sich. Er haßte sich in diesen Stunden. Er
hätte gleichsam aus der Haut fahren mögen vor
wütendem Selbsthaß, er hätte sogar buchstäblich aus
der Haut fahren mögen, denn seine Haut juckte ihn
nun am ganzen Körper, und er konnte sich nicht mehr
an seiner eigenen Kleidung reiben, weil die Haut aus
jeder Pore schwitzte und die Kleider an ihr klebten wie
eine zweite Haut. Und dort, wo sie nicht klebten, wo
noch ein bißchen Luft blieb zwischen Haut und
Kleidung: an den Unterschenkeln, an den Unterar-
men, an der Rinne oberhalb des Brustbeins... gerade
an dieser Rinne, wo es wirklich unerträglich juckte,
weil der Schweiß in vollen, kribbelnden Tropfen
herabkollerte – gerade da *wollte* er sich nicht kratzen,
nein, er wollte sich diese mögliche kleine Erleichterung nicht verschaffen, denn sie hätte den Zustand
seines allgemeinen großen Elends nicht verändert,
sondern nur noch deutlicher und lächerlicher hervor-
treten lassen. Er *wollte* jetzt leiden. Je mehr er litt,

desto besser. Das Leiden war ihm gerade recht, es rechtfertigte und schürte seinen Haß und seine Wut, und die Wut und der Haß schürten ihrerseits wieder das Leiden, denn sie brachten sein Blut in immer hitzigere Wallung und preßten immer neue Schweißwellen aus den Poren seiner Haut. Das Gesicht war klatschnaß, vom Kinn und von den Nackenhaaren tropfte das Wasser, und der Mützenrand schnitt in die aufgedunsene Stirn. Aber um nichts in der Welt hätte er die Mütze abgenommen, auch nicht für einen kurzen Moment. Festgeschraubt wie der Deckel eines Dampftopfes sollte sie auf seinem Kopfe sitzen, wie ein eiserner Ring die Schläfen umschließen, auch wenn der Kopf dabei bärste. Nichts wollte er tun, um sein Elend zu mildern. Völlig bewegungslos stand er da, stundenlang. Er merkte nur, wie sein Rückgrat immer krummer und krummer wurde, wie Schultern, Hals und Kopf immer tiefer herabsackten, wie sein Körper eine immer gedrungenere, köterhaftere Haltung annahm.

Und endlich – er konnte und er wollte nichts dagegen tun – floß sein angestauter Selbsthaß über und quoll aus ihm heraus, quoll zu den immer finsterer und böser unter dem Mützenschirm hervorstierenden Augen heraus und ergoß sich als ganz ordinärer Haß auf die äußere Welt. Was immer in sein Blickfeld geriet, überzog Jonathan mit der scheußlichen Patina seines Hasses; ja man kann sagen, daß durch seine Augen ein wirkliches Abbild der Welt gar nicht mehr in ihn hineingelangte, sondern, als hätte sich der Strahlengang umgekehrt, die Augen nur noch als Pforten nach außen dienten, um die Welt mit inneren Zerrbildern zu bespeien: Drüben die Kellner etwa, auf der anderen Straßenseite, auf dem Bürgersteig vor dem Café, die nichtsnutzigen, jungen, dummen Kellner, die dort zwischen den Tischen und Stühlen herumlungerten, flegelhaft, und miteinander quatschten und grinsten und feixten und die Passanten behinderten und den Mädchen nachpfiffen, die Gockel, und nichts taten, als gelegentlich eine zugerufene Bestellung durch die offene Türe zur Theke weiterzubrüllen: »Einen Kaffee! Ein Bier! Eine Zitronenlimonade!«, um sich dann endlich hineinzubequemen und in gespielter Eile das Bestellte herauszujonglieren und es mit affektierten, pseudoartistischen Kellnerbewegungen zu servieren: die Tasse im Spiralschwung auf den Tisch gedreht, die Coca-Cola-Flasche zwischen die Oberschenkel geklemmt und mit einem Handgriff geöffnet, den zwischen den Lippen gehaltenen Kassenbon erst in die Hand gespuckt und dann unter den Aschenbecher geschoben, während die andere Hand bereits am Nebentisch kassierte und Massen von Geld einheimste, astronomische Preise: fünf Francs für einen

77

Espresso, elf Francs für ein kleines Bier, und dazu noch fünfzehn Prozent Aufschlag für die affige Bedienung plus Extratrinkgeld; ja, auch das erwarteten sie noch, die Herren Nichtstuer, die Schnösel, ein Extratrinkgeld! – sonst ging ihnen nicht einmal mehr ein »Danke« über die Lippen, geschweige denn ein »Auf Wiedersehen«; ohne Extratrinkgeld war die Kundschaft fortan nur noch Luft für sie und sah beim Verlassen der Lokalität nur noch arrogante Kellnerrücken und arrogante Kellnerärsche, über denen die prallgefüllten schwarzen Kellnergeldtaschen im Hosenbund staken, denn das hielten sie für schick und lässig, die blöden Laffen, ihre Geldtaschen wie Fettsteiße prahlerisch zur Schau zu stellen – ah, er hätte sie erdolchen können mit seinen Blicken, die blasierten Lümmel in den luftigen, kühlen, kurzärmeligen Kellnerhemden! Hinüberlaufen hätte er mögen und sie an den Ohren unter ihrem schattigen Baldachin hervorziehen und auf offener Straße ohrfeigen, links rechts links rechts pitsch patsch eins hinter die Löffel gegeben und den Hintern versohlt ...

Aber nicht nur ihnen! Nein, nicht nur diesen Rotzlöffeln von Kellnern, auch der Kundschaft gehörte der Hintern versohlt, dem dämlichen Touristenpack, das da mit Sommerblusen und Strohhüten und Sonnenbrillen bekleidet herumfläzte und übersteuerte Erfrischungsgetränke soff, während andere

Leute im Schweiße ihres Angesichts stehend arbeiteten. Und auch den Autofahrern. Da! Diesen stupiden Affen in ihren stinkenden Blechkisten, den Luftverpestern, den ekelhaften Krachmachern, die den lieben langen Tag nichts Besseres zu tun hatten, als die Rue de Sèvres hinauf- und hinunterzurasen. Stinkt es denn nicht schon genug? Herrscht nicht Lärm genug in dieser Straße, in der ganzen Stadt? Reicht die Gluthitze nicht, die vom Himmel brennt? Müßt ihr auch noch den letzten Rest von atembarer Luft in eure Motoren saugen und verbrennen und mit Gift und Ruß und heißem Qualm vermischt den anständigen Bürgern in die Nase blasen? Ihr Drecksäcke! Ihr kriminellen Subjekte! Ausmerzen sollte man euch. Jawohl! Auspeitschen und ausmerzen. Erschießen. Jeden einzeln und alle zusammen. Oh! Er hatte große Lust, seine Pistole zu ziehen und irgendwohin zu schießen, mitten ins Kaffeehaus hinein, mitten durch die Glasscheiben hindurch, daß es nur so klirrte und schepperte, mitten hinein in den Pulk von Autos oder einfach mitten in eines der riesigen Häuser gegenüber, der häßlichen, hohen, bedrohlichen Häuser, oder hinein in die Luft, nach oben, in den Himmel, ja, in den heißen Himmel, in den fürchterlich lastenden, dunstigen, taubengraublauen Himmel, damit er zerspringe, damit die bleischwere Kapsel zerreiße und einstürze von dem

Schuß und herabstürze und alles zermalme und unter sich begrabe, alles, alles, die ganze scheußliche, lästige, laute, stinkende Welt: So universal, so titanisch war der Haß des Jonathan Noel an diesem Nachmittag, daß er die Welt in Schutt und Asche hätte legen mögen wegen eines Lochs in seiner Hose!

Aber er tat nichts, gottlob tat er nichts. Er schoß nicht in den Himmel und nicht ins Café gegenüber oder in die vorbeifahrenden Autos. Er blieb stehen, schwitzte und rührte sich nicht. Denn dieselbe Macht, die den phantastischen Haß in ihm aufquellen ließ und aus seinen Blicken hervorschleuderte wider die Welt, lähmte ihn so vollständig, daß er kein Glied mehr rühren konnte, geschweige denn die Hand zur Waffe führen oder den Finger am Abzug krümmen, ja, daß er nicht einmal mehr fähig war, mit dem Kopf zu wackeln und einen kleinen, peinigenden Schweißtropfen von seiner Nasenspitze abzuschütteln. Die Macht versteinerte ihn. Sie verwandelte ihn während dieser Stunden tatsächlich in das bedrohlich-ohnmächtige Gebilde einer Sphinx. Sie hatte etwas von der elektrischen Spannung, die einen Eisenkern magnetisiert und in der Schwebe hält, oder von der gewaltigen Druckkraft im Gewölbe eines Bauwerks, die jeden einzelnen Stein an einer ganz bestimmten Stelle festbannt. Sie war konjunktivisch. Ihr ganzes Potential lag im »ich würde, ich könnte, am liebsten

täte ich«, und Jonathan, der im Geiste die entsetz-
lichsten konjunktivischen Drohungen und Verwünschungen formulierte, wußte im selben Moment sehr
wohl, daß er sie niemals verwirklichen würde. Er war
nicht der Mensch dazu. Er war kein Amokläufer, der
aus seelischer Not, aus Geistesverwirrung oder aus
spontanem Haß ein Verbrechen beginge; und zwar
nicht, weil ihm ein solches Verbrechen als moralisch
verwerflich erschienen wäre, sondern einfach deshalb, weil er überhaupt unfähig war, sich tätlich oder
wörtlich zu *äußern*. Er war kein Täter. Er war ein
Dulder.

Gegen fünf Uhr nachmittags befand er sich in
einem derart desolaten Zustand, daß er glaubte, er
werde die Stelle vor der Säule auf der dritten Ein-
gangsstufe der Bank nie mehr verlassen können und
müsse hier sterben. Er fühlte sich um mindestens
zwanzig Jahre gealtert und um zwanzig Zentimeter
kleiner geworden, vom stundenlangen Anprall der
äußeren Sonnenhitze und der inneren Wuthitze zer-
schmolzen oder zermürbt, ja, eher zermürbt kam er
sich vor, denn die Nässe des Schweißes spürte er
schon gar nicht mehr, zermürbt und zerwittert,
zerglüht und zersprengt wie eine steinerne Sphinx
nach fünftausend Jahren; und nicht mehr lange
würde es dauern, dann wäre er gänzlich ausgedorrt
und ausgebrannt und zerschrumpft und zerbröselt

und zu Staub zerfallen oder zu Asche und läge hier an dieser Stelle, wo er sich jetzt noch mühsam auf den Beinen hielt, als winzig kleines Häuflein Dreck, bis endlich ein Wind ihn davonbliese oder die Putzfrau ihn fortkehrte oder der Regen ihn wegwüsche. Ja, so würde er enden: nicht als respektabler, seine Rente verzehrender alter Herr, zu Hause im eigenen Bett in den eigenen vier Wänden, sondern hier vor den Toren der Bank als kleines Häuflein Dreck! Und er wünschte, daß es schon soweit wäre; daß der Verfallsprozeß sich beschleunigte und ein Ende wäre. Er wünschte, daß er sein Bewußtsein verlieren, daß seine Knie einknicken und er zusammenbrechen möge. Er strengte sich mit aller Macht an, das Bewußtsein zu verlieren und zusammenzubrechen. Als Kind hatte er so etwas gekonnt. Er konnte weinen, wann immer er wollte; er konnte den Atem so lange anhalten, bis er ohnmächtig wurde, oder sein Herz einen Schlag lang aussetzen lassen. Jetzt konnte er überhaupt nichts mehr. Er hatte sich überhaupt nicht mehr in der Gewalt. Er konnte buchstäblich nicht mehr die Knie beugen, um niederzusinken. Er konnte nur noch dastehen und hinnehmen, was ihm widerfuhr.

Da hörte er das leise Sirren von Monsieur Roedels Limousine. Kein Hupen, sondern nur jenes leise, zwitschernde Sirren, wie es entstand, wenn sich der

Wagen mit soeben angelassenem Motor vom Hinterhof zur Toreinfahrt bewegte. Und indem dieses wenige Geräusch an sein Ohr drang, in sein Ohr hineinging und als ein Stromstoß durch alle Nerven seines Körpers sirrte, spürte Jonathan, wie es knackte in seinen Gelenken und wie die Wirbelsäule sich dehnte. Und er spürte, wie ohne sein Zutun das ausgestellte rechte Bein sich hin zum linken zog, der linke Fuß sich auf dem Absatz drehte, das rechte Knie zum Schritt sich winkelte, und dann das linke, und wieder das rechte... und wie er Fuß vor Fuß setzte, wie er wahrhaftig ging, ja lief, die drei Stufen hinuntersprang, federnden Schritts die Mauer entlang zur Einfahrt eilte, das Gattertor aufschob, Haltung annahm, zackig die rechte Hand an den Mützenschirm führte und die Limousine passieren ließ. Er tat dies alles ganz automatenhaft, ganz ohne eigenen Willen, und sein Bewußtsein war nur insofern beteiligt, als es die Bewegungen und Hantierungen durchaus registrierend zur Kenntnis nahm. Der einzige originäre Beitrag, den Jonathan zum Geschehen leistete, bestand darin, daß er Monsieur Roedels davongleitender Limousine einen bitterbösen Blick nachsandte und eine Menge stummer Verwünschungen.

Doch dann, als er wieder zu seinem Standplatz zurückkehrte, erlosch auch das Wutfeuer in ihm, dieser letzte eigene Impuls. Und während er mechanisch die drei Stufen emporklomm, versiegte der letzte Rest von Haß, und oben angekommen, giftete und geiferte nichts mehr aus seinen Augen, sondern er schaute auf die Straße hinab mit einer Art gebrochenen Blicks. Ihm war, als wären diese Augen gar nicht mehr die seinen, sondern als säße er selbst hinter seinen Augen und schaute durch sie hinaus wie durch tote, runde Fenster; ja, ihm war, als wäre dieser ganze Körper um ihn her nicht mehr der seine, sondern als wäre er, Jonathan – oder das, was von ihm übrig war –, nur noch ein winziger, verschrumpelter Gnom im riesigen Gebäude eines fremden Leibes, ein hilfloser Zwerg, gefangen im Innern einer viel zu großen, viel zu komplizierten Menschmaschine, die er nicht mehr beherrschen und nach eigenem Willen lenken konnte, sondern die, wenn überhaupt, von sich selbst oder von irgendwelchen anderen Mächten gelenkt wurde. Im Augenblick stand sie still vor der Säule – nicht mehr sphinxisch in sich selber ruhend, sondern abgestellt oder abgehängt wie eine Marionette – und stand noch die letzten zehn Minuten ihrer Dienstzeit dort, bis Punkt siebzehn Uhr dreißig Monsieur Vilman für einen Moment an der äußeren Panzerglastüre erschien und »Wir schließen!« rief. Da setzte sich die Marionettenmenschmaschine Jonathan Noel brav in Bewegung und ging hinein in die Bank, stellte sich ans Bedienungspult der elektrischen Türverriegelungsanlage, schaltete sie ein und drückte abwechselnd auf die beiden Knöpfe für die innere und für die äußere Panzerglastüre, um die Angestellten hinauszuschleusen; sperrte dann gemeinsam mit Madame Roques die Feuertüre zum Tresorraum ab, welcher zuvor von Madame Roques gemeinsam mit Monsieur Vilman verschlossen worden war, setzte gemeinsam mit Monsieur Vilman die Alarmanlage in Betrieb, schaltete die elektrische Türverriegelung wieder ab, verließ gemeinsam mit Madame Roques und Monsieur Vilman die Bank und sperrte, nachdem Monsieur Vilman die innere, Madame Roques die äußere Panzerglastüre verriegelt hatten, das Scherengitter ordnungsgemäß zu. Hierauf machte sie gegen Madame Roques und Monsieur Vilman eine leichte, hölzerne Verbeugung, öffnete den Mund und entbot beiden einen schönen Abend und ein schönes Wochenende, nahm ihrerseits dankend die besten Wünsche für das Wochenende von Monsieur Vilman und ein »Bis Montag!« von Madame Roques entgegen, wartete noch schicklich, bis beide sich einige Schritte entfernt hatten, und reihte sich dann in den Strom der Passanten ein, um sich in der Gegenrichtung davontreiben zu lassen.

—

Gehen beschwichtigt. Im Gehen liegt eine heilsame Kraft. Das regelmäßige Fuß-vor-Fuß-Setzen bei gleichzeitigem rhythmischem Rudern der Arme, das Ansteigen der Atemfrequenz, die leichte Stimulierung des Pulses, die zur Bestimmung der Richtung und zur Wahrung des Gleichgewichts nötigen Tätigkeiten von Auge und Ohr, das Gefühl der vorüberwehenden Luft auf der Haut – all das sind Geschehnisse, die Körper und Geist auf ganz unwiderstehliche Weise zueinanderdrängen und die Seele, auch wenn sie noch so verkümmert und lädiert ist, wachsen und sich weiten lassen.

So geschah es auch dem zwiefachen Jonathan, dem Gnom, der in der viel zu großen Körperpuppe steckte. Nach und nach, Schritt um Schritt wuchs er seinem Körper wieder zu, füllte ihn von innen her aus, beherrschte ihn zusehends und wurde endlich eins mit ihm. Das war etwa an der Ecke Rue du Bac. Und er überquerte die Rue du Bac (die Marionette Jonathan wäre hier sicher automatisch rechts eingebogen, um auf gewohntem Weg in die Rue de la Planche zu gelangen) und ließ die Rue Saint-Placide, in der sich sein Hotel befand, links liegen und ging geradeaus weiter bis zur Rue de l'Abbé Grégoire und diese hinauf bis zur Rue de Vaugirard und von dort zum Jardin du Luxembourg. Er betrat den Park und drehte drei Runden auf dem äußersten, weitesten

Weg, dort, wo die Jogger laufen, unter den Bäumen am Gitter entlang; wandte sich dann nach Süden und ging zum Boulevard du Montparnasse hinauf und weiter zum Friedhof von Montparnasse und um den Friedhof herum, einmal, zweimal, und weiter nach Westen ins fünfzehnte Arrondissement, durchs ganze fünfzehnte hindurch bis zur Seine, und seineaufwärts nach Nordosten ins siebte und weiter ins sechste, immer weiter und weiter – so ein Sommerabend nimmt ja kein Ende – und wieder zum Luxembourg, und als er dort anlangte, wurde der Park gerade geschlossen. Vor dem großen Gittertor, links vom Senatsgebäude, blieb er stehen. Es mochte nun gegen neun Uhr sein, aber noch immer war es fast taghell. Die bevorstehende Nacht ahnte man nur an einer zarten, goldenen Verfärbung des Lichts und an den violetten Säumen der Schatten. Der Autoverkehr in der Rue de Vaugirard war dünner, fast sporadisch geworden. Die Masse der Menschen hatte sich verlaufen. Die wenigen Grüppchen an den Ausgängen des Parks und an den Straßenecken lösten sich rasch auf und verschwanden als Einzelpersonen in den vielen Gassen um das Odéon und um die Kirche von Saint-Sulpice. Man ging zum Aperitif, man ging ins Restaurant, man ging nach Hause. Die Luft war weich und roch ein wenig nach Blumen. Es war still geworden. Paris aß.

Auf einmal merkte er, wie müde er war. Die Beine, der Rücken, die Schultern schmerzten vom stundenlangen Gehen, die Füße brannten in den Schuhen. Und hungrig war er plötzlich, so sehr, daß sich der Magen krampfte. Er hatte Lust auf eine Suppe, auf Salat mit frischem Weißbrot und auf ein Stück Fleisch. Er kannte ein Restaurant, ganz in der Nähe, in der Rue des Canettes, wo es das alles gab, als Menü für siebenundvierzig Franc fünfzig inklusive Bedienung. Aber er konnte ja dort nicht hingehen in seinem Zustand, verschwitzt und stinkend, wie er war, und mit zerrissener Hose.

Er machte sich auf, um ins Hotel zu gehen. Auf dem Weg dorthin, in der Rue d'Assas, gab es eine tunesische Gemischtwarenhandlung. Sie war noch geöffnet. Er kaufte eine Dose Ölsardinen, einen kleinen Ziegenkäse, eine Birne, eine Flasche Rotwein und ein arabisches Brot.

—

Das Hotelzimmer war noch kleiner als das Zimmer in der Rue de la Planche, auf der einen Seite kaum breiter als die Türe, durch die man es betrat, und höchstens drei Meter lang. Die Wände standen freilich nicht im rechten Winkel zueinander, sondern verliefen – von der Tür her gesehen – schräg auseinander, bis sie den Raum zu einer Breite von etwa zwei

Metern geweitet hatten, um dann rasch wieder zueinander zu streben und sich an der Stirnseite in Form einer dreikantigen Apsis zu vereinigen. Das Zimmer hatte also den Grundriß eines Sarges, und es war nicht viel geräumiger als ein Sarg. An der einen Längsseite stand das Bett, an der anderen Längsseite war das Waschbecken angebracht, darunter ein herausschwenkbares Bidet, in der Apsis stand ein Stuhl. Rechts über dem Waschbecken, knapp unterhalb der Decke, hatte man das Fenster eingeschnitten, vielmehr eine kleine verglaste Klappe, die auf einen Lichtschacht ging und mit zwei Schnüren geöffnet und geschlossen werden konnte. Ein schwacher, feuchtwarmer Luftstrom kam durch diese Klappe in den Sarg und trug ein paar sehr gedämpfte Geräusche der Außenwelt herein: Tellergeklapper, das Rauschen der Toiletten, spanische und portugiesische Wortfetzen, ein bißchen Gelächter, das Geflenne eines Kindes und manchmal, von sehr weit her, den Klang einer Autohupe.

Jonathan hockte in Unterhemd und Unterhose am Bettrand und aß. Als Tisch hatte er sich den Stuhl herangezogen, den Pappkoffer daraufgestellt und die Einkaufstüte darübergebreitet. Er schnitt die kleinen Sardinenleiber mit dem Taschenmesser quer durch, spießte eine Hälfte auf, streifte sie auf einem Fetzen Brotes ab und schob den Bissen in den Mund. Beim

Kauen vermengte sich das mürbe, ölgetränkte Fisch-
fleisch mit dem faden Fladenbrot zu einer Masse von
köstlichem Geschmack. Vielleicht fehlen ein paar
Tropfen Zitrone, dachte er – aber das war schon fast
frivole Gourmandise, denn wenn er nach jedem
Bissen einen kleinen Schluck Rotwein aus der Flasche nahm, ihn über die Zunge laufen ließ und
zwischen den Zähnen bewegte, so vermischte sich
nun seinerseits der stahlige Nachgeschmack des Fi-
sches mit dem lebhaften säuerlichen Parfüm des
Weines auf so überzeugende Weise, daß Jonathan
sicher war, noch nie in seinem Leben besser gespeist
zu haben als jetzt, in diesem Augenblick. Vier Sardinen enthielt die Dose, das machte acht kleine Bissen,
bedächtig zerkaut mit dem Brot, und acht Schluck
Wein dazu. Er aß sehr langsam. Er hatte einmal in
einer Zeitschrift gelesen, daß hastiges Essen, gerade
wenn man großen Hunger habe, nicht bekömmlich
sei und zu Verdauungsbeschwerden, ja sogar zu
Übelkeit und Erbrechen führen könne. Auch aß er
langsam, weil er glaubte, daß diese Mahlzeit seine
letzte sei.

Nachdem er die Sardinen aufgegessen und das
verbleibende Öl mit Brot aus der Dose gestipft hatte,
aß er den Ziegenkäse und die Birne. Die Birne war so
saftig, daß sie ihm beim Schälen beinahe aus den
Händen glitschte, und der Ziegenkäse war so dicht-

gepreßt und haftend, daß er an der Messerklinge klebte, und er schmeckte so plötzlich säuerlichbitter und trocken im Mund, daß sich das Zahnfleisch wie erschreckt zusammenzog und einen Augenblick lang der Speichel versiegte. Dann aber die Birne, ein Stück süßer, triefender Birne, und alles kam wieder in Fluß und vermischte sich und löste sich von Gaumen und Zähnen und glitt auf die Zunge und hinunter... und wieder ein Stück Käse, ein milder Schreck, und wieder die versöhnliche Birne dazu, und Käse und Birne – es schmeckte so gut, daß er die letzten Käsereste mit dem Messer vom Papier schabte und die Eckchen des Kerngehäuses aufaß, die er zuvor aus der Frucht geschnitten hatte.

Er blieb noch eine Weile lang ganz versonnen sitzen und leckte sich die Zähne mit der Zunge, ehe er den Rest des Brotes aß und den Rest des Weins austrank. Dann räumte er die leere Dose, die Schalen, das Käsepapier zusammen, wickelte alles mitsamt den Brotbröseln in die Einkaufstüte, deponierte den Abfall und die leere Flasche im Winkel hinter der Türe, nahm den Koffer vom Stuhl, stellte den Stuhl zurück an seinen Platz in der Apsis, wusch sich die Hände und ging zu Bett. Er rollte die Wolldecke am Fußende zusammen und deckte sich nur mit dem Laken zu. Dann löschte er die Lampe. Es war stockfinster. Nicht einmal von oben her, wo die

Luke war, drang der geringste Lichtstrahl ins Zimmer; nur der schwache, dunstige Luftstrom und von ganz, ganz weit weg die Geräusche. Es war sehr schwül. »Morgen bringe ich mich um«, sagte er. Dann schlief er ein.

—

In der Nacht gab es ein Gewitter. Es war eines jener Gewitter, die sich nicht sofort mit einer ganzen Serie von Blitz- und Donnerschlägen entladen, sondern eines, das sich sehr viel Zeit nimmt und seine Kräfte lange zurückhält. Zwei Stunden drückte es sich unentschlossen am Himmel herum, wetterleuchtete zart, murmelte leise, schob sich von Stadtteil zu Stadtteil, als wüßte es nicht, wo es sich zusammenballen sollte, dehnte sich dabei aus, wuchs und wuchs, überzog schließlich wie eine dünne bleierne Decke die ganze Stadt, wartete weiter, lud sich durch sein Zögern zu noch mächtigerer Spannung auf, brach immer noch nicht los... Es regte sich nichts unter dieser Decke. Es regte sich nicht der geringste Lufthauch in der schwülen Atmosphäre, kein Blatt, kein Staubkorn regte sich, die Stadt lag wie erstarrt, sie zitterte vor Erstarrung, wenn man so sagen kann, sie zitterte in der lähmenden Spannung, als wäre sie selbst das Gewitter und wartete darauf, gegen den Himmel zu bersten.

Und dann, endlich, es war schon gegen Morgen und dämmerte ein wenig, tat es einen Knall, einen einzigen, so heftig, als explodierte die ganze Stadt. Jonathan schnellte im Bett hoch. Er hatte den Knall nicht mit Bewußtsein gehört, geschweige denn ihn als Donnerschlag erkannt, es war schlimmer: Ihm war in der Sekunde des Erwachens der Knall als schieres Entsetzen in die Glieder gefahren, als Entsetzen, dessen Ursache er nicht kannte, als Todesschreck. Das einzige, was er vernahm, war der Nachhall des Knalls, ein vielfältiges Echo und Verpoltern des Donners. Es hörte sich an, als fielen draußen die Häuser zusammen wie Bücherregale, und sein erster Gedanke war: Jetzt ist es soweit, das ist es nun, das Ende. Und er meinte damit nicht nur sein eigenes Ende, sondern das Ende der Welt, den Weltuntergang, ein Erdbeben, die Atombombe oder beides – auf jeden Fall das absolute Ende.

Aber dann wurde es auf einmal totenstill. Kein Poltern war mehr zu hören, kein Stürzen, kein Knacken, kein Nichts und kein Echo von nichts. Und diese plötzliche und andauernde Stille war schier noch furchtbarer als das Getöse der untergehenden Welt. Denn nun erschien es Jonathan, als sei zwar er noch vorhanden, aber außer ihm nichts mehr, kein Gegenüber, kein Oben und Unten, kein Äußeres, kein Anderes, an dem er sich hätte orientieren können. Alle Wahrnehmung, das Sehen, das Hören, der Gleichgewichtssinn – alles, was ihm hätte sagen können, wo und wer er selber sei – fielen in die vollkommene Leere der Finsternis und der Stille. Er spürte nur noch das eigene jagende Herz und das Zittern des eigenen Körpers. Er wußte nur noch, daß er sich in einem Bett befand, aber nicht, in welchem, und nicht, wo dieses Bett stand – wenn es überhaupt stand, wenn es nicht fiel, irgendwohin ins Bodenlose, denn es schien zu schwanken, und er krallte sich mit beiden Händen an der Matratze fest, um nicht zu kippen, um nicht dies einzige Etwas, das er in Händen hielt, zu verlieren. Er suchte mit den Augen nach Halt in der Dunkelheit, mit den Ohren nach Halt in der Stille, er hörte nichts, er sah nichts, absolut nichts, sein Magen schwankte, ein schauderhafter Sardinengeschmack stieg in ihm auf, »nur nicht übergeben«, dachte er, »nur nicht kotzen, nur nicht jetzt auch noch dich selbst nach außen stülpen!«… und dann, nach einer entsetzlichen Ewigkeit, sah er doch etwas, nämlich einen winzigschwachen Schimmer rechts oben, ein ganz bißchen Licht. Und er starrte darauf und hielt sich daran fest mit den Augen, an einem kleinen, quadratischen Fleckchen Licht, einer Öffnung, einer Grenze zwischen innen und außen, einer Art Fenster in einem Zimmer… aber welchem Zimmer? Das war doch nicht *sein*

Zimmer! Das ist nie im Leben dein Zimmer! In deinem Zimmer liegt das Fenster über dem Fußende des Bettes und nicht so hoch oben an der Decke. Es ist... es ist auch nicht das Zimmer im Hause des Onkels, es ist das Kinderzimmer im Hause der Eltern in Charenton – nein, nicht das Kinderzimmer, der Keller ist es, ja, der Keller, du bist im Keller des Hauses der Eltern, du bist ein Kind, du hast nur geträumt, daß du erwachsen seist, ein ekelhafter alter Wachmann in Paris, aber du bist ein Kind und sitzt im Keller des Hauses der Eltern, und draußen ist Krieg, und du bist gefangen, verschüttet, vergessen. Warum kommen sie nicht? Warum retten sie mich nicht? Warum ist es so totenstill? Wo sind die anderen Menschen? Mein Gott, wo sind denn die anderen Menschen? Ich kann doch ohne die anderen Menschen nicht leben!

Er war im Begriffe zu schreien. Er wollte diesen einen Satz, daß er doch ohne die anderen Menschen nicht leben könne, in die Stille hinausschreien, so groß war seine Not, so verzweifelt war die Angst des greisen Kindes Jonathan Noel vor der Verlassenheit. Aber in dem Moment, da er schreien wollte, bekam er Antwort. Er hörte ein Geräusch.

Es klopfte. Ganz leise. Und klopfte wieder. Und ein drittes und ein viertes Mal, irgendwo oben. Und dann ging das Klopfen in ein regelmäßiges, zartes

Trommeln über und wirbelte heftiger und immer heftiger, und schließlich war es kein Trommeln mehr, sondern ein mächtiges, sattes Rauschen, und Jonathan erkannte es als das Rauschen des Regens.

Da fiel der Raum in seine Ordnung zurück, und Jonathan erkannte nun das helle, quadratische Fleckchen als die Klappe des Lichtschachtes und erkannte im dämmrigen Licht die Umrisse des Hotelzimmers, das Waschbecken, den Stuhl, den Koffer, die Wände.

Er löste den krallenden Griff seiner Hände von der Matratze, zog die Beine an die Brust und umschlang sie mit den Armen. So zusammengekauert blieb er sitzen, lange, wohl eine halbe Stunde lang, und lauschte dem Rauschen des Regens.

Dann stand er auf und kleidete sich an. Er brauchte kein Licht zu machen, er fand sich in der Dämmerung zurecht. Nahm Koffer, Mantel, Regenschirm und verließ das Zimmer. Leise stieg er die Treppe hinab. Der Nachtportier unten an der Rezeption schlief. Jonathan ging auf Zehenspitzen an ihm vorüber und drückte, um ihn nicht zu wecken, nur ganz kurz auf den Knopf des Türöffners. Es tat ein leises »Klick«, und die Türe sprang auf. Er trat hinaus ins Freie.

—

Draußen auf der Straße umfing ihn das kühle, grau-blaue Morgenlicht. Es regnete nicht mehr. Es tropfte nur noch von den Dächern und triefte von den Markisen, und auf den Bürgersteigen standen die Pfützen. Jonathan ging zur Rue de Sèvres hinunter. Weit und breit war kein Mensch zu sehen und kein Auto. Die Häuser standen still und bescheiden, in fast rührender Unschuld. Es war, als hätte ihnen der Regen den Stolz heruntergewaschen und den protzigen Schein und die ganze Bedrohlichkeit. Drüben vor der Lebensmittelabteilung des Bon Marché huschte eine Katze an den Schaufenstern entlang und verschwand unter den abgeräumten Gemüseständen. Rechts, am Square Boucicaut, knackten die Bäume vor Nässe. Ein paar Amseln begannen zu pfeifen, das Pfeifen hallte von den Fassaden der Gebäude wider, es vermehrte noch die Stille, die über der Stadt lag.

Jonathan überquerte die Rue de Sèvres und bog in die Rue du Bac ein, um nach Hause zu gehen. Bei jedem Schritt patschten seine nassen Sohlen gegen den nassen Asphalt. Es ist wie barfußgehen, dachte er, und er meinte damit mehr noch das Geräusch als das glitschende Gefühl der Feuchtigkeit in Schuhen und Strümpfen. Er bekam große Lust, Schuhe und Strümpfe auszuziehen und barfuß weiterzugehen, und wenn er es nicht tat, so nur aus Faulheit und nicht, weil es ihm unschicklich vorgekommen wäre.

Aber er patschte mit Fleiß durch die Pfützen, er patschte mitten hinein, er lief im Zickzack von Pfütze zu Pfütze, wechselte sogar einmal die Straßenseite, weil er drüben auf dem anderen Bürgersteig eine besonders schöne, weite Pfütze sah, und stapfte mit platten, patschenden Sohlen hindurch, daß es nur so spritzte gegen die Schaufenster hier und die geparkten Autos dort und gegen seine eigenen Hosenbeine, es war köstlich, er genoß diese kleine kindliche Sauerei wie eine große, wiedergewonnene Freiheit. Und er war noch ganz beschwingt und beseligt, als er in der Rue de la Planche ankam, das Haus betrat, an Madame Rocards geschlossener Loge vorüberhuschte, den Hinterhof durchquerte und die enge Treppe des Dienstbotenaufgangs hinaufstieg.

Erst oben dann, gegen den sechsten Stock zu, wurde ihm bang vor dem Ende des Weges: Droben wartete die Taube, das gräßliche Tier. Am Ende des Ganges würde sie sitzen mit roten, kralligen Füßen, umgeben von Kot und herumfliegendem Flaum, und warten, die Taube, mit ihrem furchtbaren nackten Auge, und würde aufstieben mit knatterndem Flügelschlag und ihn, Jonathan, mit ihrem Flügel streifen, unmöglich, ihr auszuweichen in der Enge des Ganges...

Er stellte den Koffer ab und blieb stehen, obwohl nur noch fünf Stufen vor ihm lagen. Er wollte nicht umkehren. Er wollte nur eine kleine Minute pausieren, ein wenig verschnaufen, ein wenig das Herz zur Ruhe kommen lassen, ehe er das letzte Stück des Weges ging.

Er schaute zurück. Sein Blick folgte den ovalen Spiralwindungen des Geländers hinunter in die Tiefe des Treppenhauses, und er sah in jedem Stockwerk die Strahlen des seitlich einfallenden Lichts. Das Morgenlicht hatte seine Bläue verloren und war gelber und wärmer geworden, schien ihm. Aus den Herrschaftswohnungen hörte er die ersten Geräusche des erwachenden Hauses: das Klingen von Tassen, das gedämpfte Schlagen einer Kühlschranktüre, leise Radiomusik. Und dann drang plötzlich ein vertrauter Duft in seine Nase, der Duft von Madame Lassalles Kaffee, und er sog einige Atemzüge davon ein, ihm war, als trinke er von dem Kaffee. Er nahm seinen Koffer und ging weiter. Er hatte auf einmal keine Angst mehr.

Als er den Gang betrat, sah er zwei Dinge sofort, mit einem einzigen Blick: das geschlossene Fenster und einen Putzlumpen, der zum Trocknen über das Ausgußbecken neben dem Etagenklo gebreitet lag. Bis ans Ende des Ganges konnte er noch nicht sehen, der blendend helle Lichtblock am Fenster schnitt ihm die Sicht ab. Er ging weiter, einigermaßen furchtlos, durchschritt das Licht, trat in den Schatten dahinter.

Der Gang war vollkommen leer. Die Taube war verschwunden. Die Kleckse auf dem Boden waren fortgewischt. Kein Federchen, kein Fläumchen mehr, das auf den roten Kacheln zitterte.

Patrick Süskind
im Diogenes Verlag

Der Kontrabaß
Leinen

»Dem Autor gelingt eine krampflösende Drei-Speziali-
täten-Mischung: von Thomas Bernhard das Insistie-
rende; von Karl Valentin die aus Innen hervorbre-
chende Slapstickkomik; von Kroetz die detaillierte
Faktenfreude und eine Genauigkeit im Sozialen.«
Münchner Merkur

»Was noch kein Komponist komponiert hat, das
schrieb jetzt ein Schriftsteller, nämlich ein abendfüllen-
des Werk für einen Kontrabaß-Spieler.«
Dieter Schnabel

Seit Jahren das meistgespielte Stück auf den deutschsprachigen Bühnen!

Das Parfum
Die Geschichte eines Mörders
Leinen

»Ein Monster betritt die deutsche Literatur, wie es seit
Blechtrommler Oskar Matzerath keines mehr gegeben
hat: Jean-Baptiste Grenouille. Ein Literaturereignis.«
Stern, Hamburg

»Wir müssen uns eingestehen, die Phantasie, den
Sprachwitz, den nicht anders als ungeheuerlich zu nen-
nenden erzählerischen Elan Süskinds weit unterschätzt
zu haben: so überraschend geht es zu in seinem Buch,
so märchenhaft mitunter und zugleich so fürchterlich
angsteinflößend.«   *Frankfurter Allgemeine Zeitung*

»Anders als alles bisher Gelesene. Ein Phänomen, das
einzigartig in der zeitgenössischen Literatur bleiben
wird.«   *Le Figaro, Paris*

»Eine der aufregendsten Entdeckungen der letzten
Jahre. Fesselnd. Ein Meisterwerk.« *San Francisco Chronicle*

Die Taube

detebe 21846

»Ein rares Meisterstück zeitgenössischer Prosa, eine
dicht gesponnene, psychologisch raffiniert umgesetzte
Erzählung, die an die frühen Stücke von Patricia
Highsmith erinnert, in ihrer Kunstfertigkeit aber an
die Novellistik großer europäischer Erzähltradition
anknüpft.« *Rheinischer Merkur, Bonn*

»Nicht nur riecht, schmeckt man, sieht und hört man,
was Süskind beschreibt; er ist ein Künstler, auch wenn
es darum geht, verschwundenes, verarmtes Leben in
großer innerer Dramatik darzustellen. Eine Meister-
erzählung.« *Tages-Anzeiger, Zürich*

»Kaum Action hat die Geschichte, aber sie kommt wie
ein Orkan über einen.« *Expreß, Köln*

Die Geschichte von Herrn Sommer

Mit zahlreichen Bildern
von Sempé
Leinen

Herr Sommer läuft stumm, im Tempo eines Gehetzten,
mit seinem leeren Rucksack und dem langen, merk-
würdigen Spazierstock von Dorf zu Dorf, geistert
durch die Landschaft und durch die Tag- und Alp-
träume eines kleinen Jungen…
Erst als der kleine Junge schon nicht mehr auf Bäume
klettert, entschwindet der geheimnisvolle Herr
Sommer.

Erich Hackl
im Diogenes Verlag

Auroras Anlaß
Erzählung. detebe 21731

»Eines Tages sah sich Aurora Rodríguez veranlaßt, ihre
Tochter zu töten.« So beginnt die außergewöhnliche
Geschichte der Spanierin Aurora Rodríguez, die auf
der Suche nach Selbstverwirklichung an die Schranken
gesellschaftlicher Konventionen stößt und ihre Träume
von einer besseren Welt von einer anderen, fähigeren
Person realisiert sehen möchte: einer Frau, ihrer Tochter Hildegart.

»Souverän und stilsicher erzählt Erich Hackl einen
ganz einmaligen Fall; zugleich gibt er einen Einblick in
das Spanien der Zeit vor Franco und vor dem Bürger-
krieg. Der Erzähler drängt dem Leser keine politi-
schen Lehren auf, doch er bringt ihn zum Nachden-
ken. Und vor allem: er unterhält ihn aufs beste mit
einem spannenden Buch, das keine Längen hat. Dies
ist ein Debüt, das auf Kommendes neugierig macht.«
Der Tagesspiegel, Berlin

»Bewundernswert ist die artistische Sicherheit, mit der
Erich Hackl zu Werke geht, ist die Präzision, mit der
dieser Schriftsteller Auroras Abenteuer protokolliert –
auf eine Weise, die uns, wenn der Aberwitz mit solcher
Beiläufigkeit zur Sprache findet, nachhaltig in die
größte Spannung versetzt. So daß wir fast nicht glau-
ben mögen, daß sie sich tatsächlich zugetragen hat,
diese Geschichte.« *Frankfurter Allgemeine Zeitung*

»Kleistisch erzählt.« *Die Weltwoche, Zürich*

»Ein großartiges Debüt.« *Le Monde, Paris*

Ausgezeichnet mit dem Aspekte-Literaturpreis 1987

Abschied von Sidonie
Erzählung. detebe 22428

Erich Hackl ist – wie schon mit seiner aufsehenerregenden Erzählung *Auroras Anlaß* – einem unerhörten, jahrzehntelang verschwiegenen Fall nachgegangen; in einer knappen, präzisen Sprache erzählt er das bewegende Schicksal des Zigeunermädchens Sidonie Adlersburg, ihr kurzes Glück bei den Pflegeeltern und deren verzweifelte Bemühungen, das Kind vor dem ihm zugedachten Ende zu bewahren.

Abschied von Sidonie ist nicht nur eine Chronik der Gewalt, von ›Trägheit des Herzens‹ und Bestialität des Anstands, sondern auch eine Liebeserklärung an Menschen, die in großen wie in kleinen Zeiten Mitgefühl und Selbstachtung vor falsch verstandene Pflichterfüllung gestellt haben. Zugleich gibt das Buch einen tiefen Einblick in den Zustand eines Landes und seiner Bewohner, zeigt, was möglich war und was wirklich wurde, und was davon geblieben ist.

»Die Fähigkeit Hackls, aus den zur Meldung geschrumpften Fakten wieder die Wirklichkeit der Ereignisse zu entwickeln, die Präzision und zurückgehaltene Kraft der Sprache lassen an Kleist denken. Aber von Abhängigkeit, von Nachahmung gar kann die Rede nicht sein. Hier hat ein junger Autor den Mut, sich in gutgebauten Sätzen zu äußern, sich nicht quasiexperimentell zu geben, nicht um jeden Preis neu zu sein. Schon das ist eine Neuheit.« *Kyra Stromberg/ Süddeutsche Zeitung, München*

»Erich Hackl ist eine der großen Hoffnungen der deutschsprachigen Literatur. Er hat eine meisterhafte Erzählung geschrieben.« *Frank Schirrmacher/ Frankfurter Allgemeine Zeitung*

Hugo Loetscher
im Diogenes Verlag

Abwässer
Ein Gutachten. detebe 21729

»Dieses Buch ist ein Geheimtip. Man sollte eigentlich
nicht darüber schreiben, man sollte darüber flüstern zu
jenen wenigen Lesern, die innere Muße aufbringen
können für ein explosives, destruktives und großartiges literarisches Dokument. Man sollte es heimlich
von Hand zu Hand reichen, damit der Lärm des großen Marktes es nicht berühre. Die Gesetze der litera-
rischen Tiefenwirkung, so rätselhaft sie auch sein
mögen, dokumentieren dieses Buch als einen Erst-
lingsroman, der sich bei den richtigen Lesern, so wenige es auch davon geben mag, durchsetzen wird. Es ist
ein totales Märchen aus der Wirklichkeit, das wenig
ausläßt: weder die Liebe noch die Technik, weder die
Psychologie noch die Dummheit, weder die Einsam-
keit noch die Gemeinheit.«   *Die Welt, Hamburg*

Die Kranzflechterin
Roman. detebe 21728

*»Jeder soll zu seinem Kranze kommen«, pflegte Anna
zu sagen; sie flocht Totenkränze.*

»Um Annas eigenes karges Leben gruppieren sich die
Lebensläufe der Menschen ihrer nahen Umgebung
und all jener, denen sie mit Tannenreis, Lorbeer, Nel-
ken und Rosen den letzten Dienst erweist. Auch hier
führt die Wahl des ungewöhnlichen Blickpunktes zu
ungewöhnlichen Ansichten aus der Menschenwelt und
Farbenspielen des Lebens, die um so mehr faszinieren,
als vom Tode her ein leichter Schatten auf sie fällt.«
Nürnberger Zeitung

Noah

Roman einer Konjunktur. detebe 21206

Loetscher erzählt die Geschichte eines Mannes, der die Konjunktur anheizt mit seinem Plan, die Arche zu bauen. Niemand glaubt im Ernst an die kommende Flut, aber alle machen mit ihr Geschäfte. Die Wirtschaft blüht auf und überschlägt sich schließlich in Skandalen. Nicht nur im Geschäftsleben, auch im Kulturbetrieb, auf den Streiflichter fallen, zeitigt die Konjunktur ihre unerfreulichen Begleiterscheinungen. Noahs Lage verschlimmert sich aus vielen Gründen, so daß einer zuletzt sagen kann: »Jetzt kann ihn nur noch die Sintflut retten.«

Wunderwelt

Eine brasilianische Begegnung. detebe 21040

Die Begegung eines Europäers mit den Mythen von Leben und Tod einer fremden Kultur: eine Hymne, aber noch mehr eine Elegie, geschrieben für ein kleines Mädchen.

»Ich würde *Wunderwelt* gerade auch besonders viele junge Leser wünschen. Nicht nur weil Loetscher die Sprache fand, um die Wirklichkeit bis in Nuancen genau so darzustellen, daß man ganz in sie hineingenommen wird. Sondern auch wegen einer Geisteshaltung, ohne die dieses Buch nicht hätte geschrieben werden können… Statt ›Wunderwelt‹ könnte dieses Buch auch ›Die Fähigkeit zu trauern‹ überschrieben sein.« *Deutsches Allgemeines Sonntagsblatt*

Herbst in der Großen Orange

detebe 21172

»Hugo Loetscher ist mit *Herbst in der Großen Orange* ein großer Wurf gelungen. Der dritte Satz schon ist der erste hintergründige, denn das ›Grün‹ ist künstlich,

wie fast alles in dieser Stadt. Auf 165 Seiten enttarnt
Loetscher eine Scheinwelt, reiht ein sprachliches Kabi-
nettstückchen ans andere, ist mal lyrisch, mal satirisch.
Immer aber schwingt eine heitere Melancholie mit, angesichts einer Menschheit, die nicht mehr so recht
weiß, wo's langgeht.« *Stern, Hamburg*

»Loetscher begegnet den Erscheinungen der Endzeit
mit jenem Sarkasmus, seit je dem Absurden gemäß ist.
Auch da bewährt sich das Subjekt als die Instanz, die
die ›Schnitze‹ zusammenhält und in eine geschlossene
Form fügt. Der Imagination des Schriftstellers gelingt
es dabei, die Künstlichkeit umzuwandeln in Kunst.«
Neue Zürcher Zeitung

Der Waschküchenschlüssel
oder Was – wenn Gott Schweizer wäre
detebe 21633

»Loetscher ist ein bedeutsamer Schweizer Erzähler
und Romancier, der auch als Journalist arbeitet und zu-
dem die Welt kennt. Weshalb er in hohem Maße befä-
higt ist, die Sonderform der menschlichen Existenz unter schweizerischen Vorzeichen aufzuspießen, wie er es
in den Aufsätzen dieses Bandes tut. Er hat einen famo-
sen Sinn fürs Anekdotische und Skurrile, einen schar-
fen Blick, gepaart mit einem gänzlich unhysterischen,
natürlichen Ton. Zum Schluß der Lektüre meint man,
den Abend mit einem Freund verbracht zu haben, dem
man gern länger zugehört hätte. Wer schreibt uns so
trefflich, so distanziert und aus liebevoller Nähe über
die Italiener? Die Franzosen? Uns in der Bundesrepu-
blik?« *Titel, München*

Das Hugo Loetscher Lesebuch
Herausgegeben von Georg Sütterlin. detebe 21707

Dieses Lesebuch will einen Einblick in das gesamte
Werk des Autors geben. Die einzelnen Kapitel sam-

meln zu jeweils einem Thema Texte der verschiedenen Gattungen, in denen Loetscher schreibt: Roman, Erzählung, Essay, literarische Reportage, Filmskript, Gedicht. Aber nicht nur in dieser Hinsicht bietet dieses Buch eine repräsentative Auswahl aus dem Gesamtwerk, sondern auch die Inhalte betreffend.

Der Immune

Roman. detebe 21590

»Noch bevor manche jüngeren Autoren und Autorinnen Literatur als Mittel zur Erforschung und Bewältigung des eigenen Lebens entdeckten, setzte Hugo Loetschers *Der Immune* einen Maßstab, vor dem nicht gar so viele bestehen. Ein Muster und deshalb auch heute noch aktuell, weil es hier einer verstand, in der selbstkritischen Beschäftigung mit dem Ich auf geistreiche, witzige, eloquente Art den Blick freizugeben auf die Epoche, in der dieses Ich sich formte und in der es lebt.« *Tages-Anzeiger, Zürich*

Die Papiere des Immunen

Roman. detebe 21659

»Der Immune ist in jedem Fall ein überaus witziger und intelligenter Herr, ein weitgereister, gebildeter Gesprächspartner, elegant und originell – ein durchaus passabler Gefährte für ein Buch von 500 Seiten. Ein Buch voll von schönen und abstrusen Geschichten, die einen wuchtigen Kosmos bilden; und obwohl der Immune vorgibt, seinen Wohnsitz im Kopf zu haben, sind diese Papiere alles andere als kopflastig.«
Westermann's, München

»Ein weises Buch und eines voller blendend erzählter Geschichten noch dazu.« *Die Weltwoche, Zürich*

Vom Erzählen erzählen

Über die Möglichkeit, heute Prosa zu schreiben
Münchner Poetikvorlesungen. Mit einer Einführung
von Wolfgang Frühwald. Broschur

Vom Erzählen erzählen – diesen Titel wählte Hugo
Loetscher für seine Münchner Poetikvorlesungen. Im
Zentrum steht das Handwerk: »Poetik als Baugrube
und Bücher als Boden unter den Füßen«. Indem
Loetscher anhand von Beispielen aus seinem Schaffen
arbeitet, entsteht zugleich ein faszinierender Kommen-
tar zum eigenen Werk. So konkret die Ansätze seiner
poetologischen Überlegungen sind, sie führen zu
grundsätzlichen Fragen wie zur Ironie – die die Fiktion stets daran erinnert, Fiktion zu sein –, zur Simul-
taneität, Überlegungen zu einer Sprache, die nicht nur
»einen Mund hat, sondern auch Ohren«, oder zum
Verhältnis von Metapher und Begriff. Aber auch dort,
wo Loetscher Theoretisches aufgreift, bleibt er immer
zugleich Erzähler, so daß seine Vorlesungen auch ein
Stück erzählender Literatur sind.
»Wenn Loetscher von sich selbst als von ›unserem Autor‹ spricht, ironisiert er noch einmal den Ironiker. So
erzählt heute ein Erzähler, ohne den Kopf zu verlieren,
vom Erzählen.« *Süddeutsche Zeitung, München*

Die Fliege und die Suppe

und 33 andere Tiere in 33 anderen Situationen
Fabeln. Leinen

Einst hatten die Tiere Charakter, dann erging es ihnen
wie den Menschen, sie fingen an, sich zu verhalten.

»Von unbeirrbarer Akribie sind die 34 Erzählungen
dieses Bandes in ungewöhnliche Form gebracht: Mini-
aturen, kostbare drei Seiten, sorgsam und klar gestaltet
in jedem Satz. Ganz ohne missionarisches ›Du sollst‹
macht Loetscher einsichtig, was der Mensch nicht soll,
aber tut. Ähnliches habe ich nie gelesen. Literatur pur.
Da wird nichts angemerkt, reflektiert, verdeutlicht.
Wörter und Sätze als Essenz.« *Die Zeit, Hamburg*

»Ein kleines Ereignis. Loetscher weist sich in jedem einzelnen Prosastück als ein faszinierend genauer Beobachter aus – und dazu als ein überaus respekt- und liebevoller. Es ist nicht leicht zu entscheiden, ob Hugo Loetschers Einfallsreichtum, seine Kenntnisse oder seine Darstellungskunst den Hauptreiz dieses Bandes ausmachen.« *Die Presse, Wien*

mit Alice Vollenweider
Kulinaritäten
Ein Briefwechsel über die Kunst
und die Kultur der Küche
detebe 21927

Noch ein Kochbuch? Ja, aber noch viel mehr: in diesen Briefen entfaltet sich eine kleine Kulturgeschichte der Küche, nebst höchst delikaten Rezepten erfährt der Leser, wie und wo diese Rezepte entstanden sind, wo die Quellen der heutigen Kochkunst liegen, wie es die Schriftsteller mit dem Essen hielten; auch der Stil unterscheidet dieses Buch von allen anderen Kochbüchern: die beiden Briefschreiber verstehen nicht nur etwas von der Küche, sondern auch von Humor.

Doris Dörrie
im Diogenes Verlag

Der Mann meiner Träume
Erzählung. Leinen

Doris Dörrie erzählt die Geschichte von Antonia, die den Mann ihrer Träume tatsächlich trifft. Sie erzählt eine moderne Liebesgeschichte, eine heutige Geschichte, deren Thema so alt ist wie die Weltliteratur, eine Geschichte von der Liebe.

»Ein erzählerisches Naturtalent mit einem beneidenswerten Vermögen, unkompliziert und gekonnt zu erzählen. Der Leser beendet die Lektüre mit höchst bewußtem Bedauern darüber, daß er diese kurzweilige, unprätentiöse Erzählung schon hinter sich hat.«
Frankfurter Allgemeine Zeitung

»Doris Dörrie ist als Erzählerin Spezialistin in diffizilen Angelegenheiten der kleinen Rache und gezielten Ohrfeigen zum Zwecke der Unterstützung des eigenen Selbstwertgefühles.
Sie ist eine sehr gute Kurzgeschichten-Schreiberin – mit der erforderlichen Prise Selbstironie, mit stilistischer Eleganz.« *Die Zeit, Hamburg*

Liebe, Schmerz und das ganze verdammte Zeug
Geschichten. detebe 21796

Vier großartige, liebevolle, traurige, grausame Geschichten. *Mitten ins Herz, Männer, Geld, Paradies.* Geschichten von befreiender Frische.

»...ohne stilistische Bedenken, theoretische Skrupel oder methodische Zweifel. Doch lesen wir sie mit einer Begeisterung wie ein belletristisches Debüt schon lange nicht mehr.« *Frankfurter Allgemeine Zeitung*